山东文化体验廊道故事丛书·下编

威海
历史文化故事

WEIHAI LISHI
WENHUA GUSHI

总编纂　王志民
主　编　徐承伦

山东文艺出版社

图书在版编目（CIP）数据

威海历史文化故事 / 徐承伦主编 . — 济南：山东文艺出版社，2023.9

（山东文化体验廊道故事丛书）

ISBN 978-7-5329-6984-5

Ⅰ . ①威… Ⅱ . ①徐… Ⅲ . ①历史故事—作品集—中国 Ⅳ . ①I247.81

中国国家版本馆 CIP 数据核字（2023）第153086号

威海历史文化故事

WEIHAI LISHI WENHUA GUSHI

总编纂　王志民　　主编　徐承伦

主管单位	山东出版传媒股份有限公司
出版发行	山东文艺出版社
社　　址	山东省济南市英雄山路189号
邮　　编	250002
网　　址	www.sdwypress.com

读者服务	0531-82098776（总编室）
	0531-82098775（市场营销部）
电子邮箱	sdwy@sdpress.com.cn

印　　刷	山东临沂新华印刷物流集团有限责任公司
开　　本	880 毫米 × 1230 毫米　1/32
印　　张	7
字　　数	147 千
版　　次	2023 年 9 月第 1 版
印　　次	2023 年 9 月第 1 次印刷
书　　号	ISBN 978-7-5329-6984-5
定　　价	59.00元

前　言

　　党的二十大报告明确提出："坚守中华文化立场，提炼展示中华文明的精神标识和文化精髓，加快构建中国话语和中国叙事体系，讲好中国故事、传播好中国声音，展现可信、可爱、可敬的中国形象。"习近平总书记在文化传承发展座谈会上深刻指出，要在新起点上继续推动文化繁荣、建设文化强国、建设中华民族现代文明。编纂出版《山东文化体验廊道故事丛书》（以下简称《丛书》）是深入学习贯彻党的二十大精神和习近平总书记重要指示精神，贯彻落实山东省委、省政府关于打造文化"两创"新标杆部署要求的重要举措，是立足山东文化资源优势，以沿黄河、沿大运河、沿齐长城、沿黄渤海和沿胶济铁路等文化体验廊道为轴线，以各市文化体验廊道建设为着力点，撷取历史文化精华的大型普及性学术工程，是在新的历史起点上讲好山东故事、坚定文化自信、推动文化繁荣、促进文旅结合的重点文化项目。

　　山东，古称"齐鲁之邦"，是中华文明最重要的发源地之一。奔流的黄河由山东入海，齐鲁大地是黄河文明的核心区域之一。巍峨屹立的泰山，自古以来就是历代帝王封禅之地，是中国东方上层文化的活动中心，1987年被联合国教科文组织列为中国第一个世界文化、自然双重遗产。黄渤海环绕的山东半岛是全国最大的半岛，漫长海岸线形成了丰厚的海洋文化资源，一直是中国北方海上丝绸之路的重要门户。山东又是伟大思想家、教育家孔子和孟子的故乡，是儒家文化的发源地，是中国人乃至全球华人、华裔心中的"圣地"。在被称为中华文明"轴心时代"的春秋战国时期，齐鲁是中华文明的"重心"所在：诸子百家，多出齐鲁；儒墨显学，独领风骚。齐国故都临淄，是当时最大的工商业都城，被国际足联命名为"足球起源地"；这里诞生了中国历史上最早的大学堂——稷下学宫，是诸子百家争鸣的学术文化中心；齐长城西起济水，东到大海，蜿蜒于泰沂山脉，全长一千余里，是现存最早的有准确遗迹可考、保存状况较好的古代长城；被列为世界文化遗产名录的京杭大运河，纵贯山东南北，极大影响了元明清以来山东地区的经济文化发展，鲁西沿岸城市带的崛起，成为中国南北文化交流融合的运河明珠，见证了山东地区社会文化的隆替嬗变。近代以来，随着烟台、青岛等沿海城市的崛起和胶济铁路的修筑，山东成为中西文化交流、冲突、碰撞、融合的核心地区之一，收回青岛主权成为"五四"爱国运动的导火索。革命战争年代，山东党政军民用生命和鲜血凝聚而成的"党群同心、军民情深、水乳交融、生死与共"的"沂蒙精神"，是齐鲁优秀文化、伟大建党精神与中国共产党领导的人民革命英雄主义精神的集中体现，是对山东境内沂蒙、胶东、渤海、鲁西（冀鲁豫边区）

等抗日革命根据地红色文化、革命精神的集中凝练和概括，与延安精神、井冈山精神、西柏坡精神等一起成为中国共产党人精神谱系的重要组成部分。齐鲁文化在中华文明发展中的特殊地位，山东地区源远流长、丰富厚重的文化资源，坚定文化自信和自觉的历史责任担当是我们举全省之力编纂《丛书》的内在动力。

《丛书》以国家文化公园建设为引领，以落实文化"两创"、推动"两个结合"为宗旨，以推动全省及各市文化建设为目标，是具有权威性、故事性、可读性、趣味性的历史故事集成，是一套可携带、可利用、可转化的文化读本。《丛书》分为上、下两编，上编16本，围绕"四廊一线"文化体验廊道、八大文化传承发展片区展开。"四廊一线"构筑的沿黄河、沿大运河、沿齐长城、沿黄渤海、沿胶济铁路的文化交通线纵横交错，相互联系又各具特色，其特点是以脍炙人口的故事形式联通"四廊一线"的人物事迹、重点景区、遗址遗迹等，厚植文化体验廊道的思想内涵和文化底蕴。八大文化传承发展片区，既涵盖了沂蒙、渤海、鲁西、胶东四大红色文化片区，又吸收了泰山文化、儒学文化、齐文化作为重要支撑，演奏出山东历史文化、革命文化、社会主义先进文化的时代交响。下编16本，紧紧围绕各地市优势和特色展开，主要记述本地区历史故事、文化遗址与人文景观、非物质文化遗产等内容，是推动文化廊道落地、推进片区文化建设、增强文化认同、深化文旅体验的重要载体。

《丛书》由山东省委常委、宣传部部长白玉刚统筹谋划和指导，省委宣传部专门组建学术编纂委员会负责具体实施，省直各有关部门和各市委宣传部给予大力支持配合，省内相关高校、研究机构和各市有关单位共 100 余位专家学者积极参与，历经酝酿策划、启动实施、提纲设计、样稿研讨、通稿审稿、编辑出版等六个阶段。2022 年以来，省委、省政府先后印发《关于打造中华优秀传统文化"两创"新标杆行动计划（2022—2025 年）》《关于建设文化体验廊道推动文旅融合高质量发展的实施计划（2023—2025 年）》，全方位挖掘展现山东人文沃土可以深度耕作的比较优势，为《丛书》编纂做好了思想、学术和组织准备。具体编纂过程中，省委宣传部专门印发《关于做好〈丛书〉编纂工作的指导意见》，统一思想认识，作出全面部署。编委会以线上线下形式，多次召开全体会议和分组专题会议，狠抓三个重要工作节点：**一是审定编撰提纲**。通过反复研讨、交流、修改、会审等形式逐一审定编写提纲，最大程度保证全书质量。**二是树立样稿典型**。集中力量撰写、反复研讨修改，确定分类样稿，做好典型导引。**三是全力做好通稿统审**。采用主编初审、各卷主编交流互审、学术专家主审、首席专家终审等层层把关、集中审查、反复修改的方式提高稿件质量。

回顾《丛书》编纂工作，始终注意把握好以下四个方面：**一是坚定文化自信**。通过挖掘历史资料、开发历史资源、恢复历史场景等形式，获取文化营养，坚定文化自信。**二是助推文化自觉**。通过传承弘扬优秀传统文化、红色文化、社会主义先进文化，深入挖掘历史先贤和革命先烈的伟大事迹，推动文化自觉，与培育践行社会主义核心价值观有机结合。**三是落实文**

化"两创"。精选真实历史故事，注重挖掘故事背后的文化内涵，推动齐鲁优秀传统文化在新时代创造性转化和创新性发展，推进文化自信自强。**四是服务文旅融合。**借助故事、景观、遗址、非遗讲解词、短视频等融媒体形式，让广大读者在区域文化旅游、廊道文化体验中感受中华文化的博大精深，增强民族自豪感和自信心。

在内容撰写上注重四个结合：**一是与廊道体验相结合。**突出廊道建设概念，以故事为纬线，以时代发展为轴线，通过富有魅力的故事讲述，展示历史人物、景观、史实，引领读者体验传统文化的恢宏气势和博大精深。**二是与景观建设相结合。**以真实动人的故事为景观建设提供重要的历史资源和文化依据，通过一个个精品景观建设展示历史故事的丰富内涵和当代价值。**三是与文物保护相结合。**通过讲述历史故事，让广大读者进一步了解相关文物、遗址的历史文化价值，提升文物保护意识，推动群众性文物保护工作再上新台阶。**四是与媒体利用相结合。**立足于故事转化，使故事成为各类媒体传播的重要基础、蓝本和素材，成为廊道文化、片区文化讲解、传播的重要学术依据和资料来源。

《丛书》的编纂出版，是普及、传播优秀传统文化，推动文化"两创"的新尝试。衷心希望广大读者通过阅读本书，吸收丰富文化营养，多提宝贵修改意见。

编者

2023 年 8 月

导　语

　　古人认为，今山东省荣成市的极东海岸，是中国大陆较早看到海上日出的地方，古称"朝舞"之地。威海先民追逐太阳，来到了"东方无东"的山陬海澨之地。面前波涛汹涌，身后礁磐耸峙，他们勇敢地搏涛击浪，顽强地拓辟洪荒，才得以落地生根、繁衍生息。生存境况铸就了他们礁磐般伟岸的身躯、大海般激昂的气魄、阳光般磊落的性格！

　　威海市域，夏、商时期属青州，周时为莱国属地，战国时期为齐国属地。秦代实行郡县制，此地属齐郡。西汉时，汉高祖在此设不夜、昌阳、育犁三县，奠定了威海市域行政区域的基础。自东汉至明朝，威海市域的行政沿革较为复杂，各有归属。

　　这里是较早看到日出的地方，故而羲仲来这里"宾日"，秦始皇和汉武帝东巡，在此地求仙祭日。

　　为防御倭寇侵扰沿海一带，明朝廷在威海设卫、所等军事机构。其时威海有三卫：威海卫、成山卫、靖海卫。后又设文登营，形成"营""卫""所"相拱、有力防御倭寇的态势。抗倭英雄戚继光，曾亲临威海海防前线巡查，留下了"封侯非我意，但愿海波平"的明志诗句。

威海的这片海是闻一多笔下的"中华最古老的海"，威海是北洋水师的大本营，是"威震海疆"的海防要塞。然而曾经这片海域却鸣咽着，诉说着悲愤和屈辱：中日甲午海战中，北洋水师全军覆灭；之后英国强租威海卫，强行占领了三十二年。

当威海又惨遭侵华日寇铁蹄的蹂躏时，抗日烽火在这片不屈的土地上熊熊燃起，天福山起义打响了胶东抗日的第一枪。

当你深入了解了威海的历史，你会感受到久远厚重的文化积淀，这里的山与海、城与乡，处处都弥漫着浓郁的人文气息。地下堆积的海贝壳，垒成了原始文化遗址。早在新石器时代，这片神奇的土地上就有人类繁衍生息。

刘公刘母的传说、李龙王的传说、仙姑的传说、海神娘娘的传说，反映的其实是这里的生民对美好生活的祈望和向往；秦始皇东巡经过文登，设召文台，召集文人论功颂德，在这里开辟了士子庶民崇文尚学的风气；坐落于中国北方的最大渔港石岛港西侧的法华寺内，铭刻着唐朝时新罗人张保皋与日本圆仁和尚的生动故事。"一寺连三国"的佳话，见证着中、日、韩三国源远流长的友好往来与文化互动。

威海市位于北纬 36°41′至 37°35′、东经 121°11′至 122°42′之间，位于山东省胶东半岛（也称"山东半岛"）的最东端。它北、东、南三面濒临黄海，北与辽东半岛相对，东与朝鲜半岛隔海相望，西与烟台市接壤。

威海市现辖环翠区、文登区、荣成市、乳山市，市域总面积约为 5799.84 平方千米。东西最大横距 135 千米，南北最大纵距 81 千米，区域内的常住人口约为 290 万人。在全国的地级市中，威海市的面积不算大，人口不算多，但它却有着漫长的海岸线。粗略计算，威海市的人均海岸线约是全国人均海岸线的 27 倍，可谓得天独厚。

威海市所处的地理位置非常重要，其文化积淀亦极其丰厚。既有新石器时期的遗址和传说，又有近现代的遗迹和故事；既有世代生民拓辟洪荒的艰苦卓绝，又有现代百姓对幸福生活的追求和创造。威海是一片古老的土地，更是五彩斑斓的现代生活的乐园……

这本书包含四个部分："历史风云""人物春秋""遗迹寻踪""多彩民俗 天工弄巧"。全书囊括了威海市域上下几千年的人文历史及著名遗迹、非遗项目等，以七十多个故事，呈现了威海的历史人文全景。全书中具有代表性的故事包括：羲仲宾日与秦始皇、汉武帝东巡的故事；明代抗倭与近代甲午海战的故事；天福山起义与以昆嵛山为根据地抗日的故事；铁槎山新石器遗址与独木舟的故事；以"文登学"为代表的威海文化教育方面的故事；以李龙王与刘公刘母为代表的神话传说故事；以石岛大鼓与渔民号子为代表的民俗故事；威海沿岸的美食文化故事；英强租威海卫与"一战"华工赴欧的故事，以及威海卫青年赴港从警的故事。这些故事，有的相互关联，有的相对独立。看完这本书，读者们会惊奇地发现，原来威海市的历史文化积淀如此厚重，山与海、城与乡、卫与所、村与寨之间，到处都弥漫着浓郁的人文气息。这本书可以当作是威海历史文化的"宣传手册"和游客的"旅游指导手册"，读者可按图索骥，到威海的历史文化"故事点"游览观光。

一城繁华三面海，水光山色两相依。处在北纬36°至37°的黄金区域的威海，因海得名，靠海而生，凭海而兴，向海图强。山、海、岛、礁、林、泉、湾、滩，如珍珠般穿起了全市近千公里的海岸线。

在承继传统产业的基础上，威海又不断加大创新力度。以梦为马，以海为疆。"一城三核"的国际海洋科技城发展框架已规划完成，威海成为全国唯一获得海洋领域五个国家级试点的示范城市。

威海的每座山、每条河，乃至海湾中的每朵浪花，都蕴含着美丽的神话传说和动人的故事。这座城市被联合国认证为人类宜居城市，荣膺中国第一个卫生城市，是亚洲最大的天鹅越冬栖息地，还是海带之乡、钓具之都……

威海在农耕文化的黄色的基调上，被海洋文化的蓝色的笔重重地涂染，从而赋予了威海人鲜明的性格特征：豪爽、大气、勇敢、坚韧。

"长风破浪会有时，直挂云帆济沧海。"有深厚的历史文化积淀，有二百九十多万威海人民的踔厉奋发、砥砺前行，威海这座海滨城市，必将在创建"精致城市，幸福威海"的征程上，描绘出更加辉煌灿烂的画卷！

目　录

1

3

一

历史风云

威海的先民追随太阳的足迹，来到了"东方无东"的地之角、海之涯，他们凿木成舟，拓辟洪荒，落地生根，繁衍生息。羲仲来这里宾日，秦始皇和汉武帝到"天尽头"求仙祭日！

历史上威海风云激荡，明代为抵御屡屡犯境的倭寇，朝廷于威海设置了营、卫、所等军事机构。一场场抗御倭寇、保家卫国的可歌可泣的斗争，在这里上演。在1894年中日甲午海战中，北洋水师全军覆没。自1898年起，威海卫被英国强行租借了三十二年（刘公岛延租十年）。"第一次世界大战"期间，约有十四万名中国劳工漂洋过海地远赴欧陆，助战"协约国"，其中近五万华工在威海集结训练，并自此远赴欧陆战场！华工们以其血肉之躯，让当时积贫积弱的中国第一次有了在国际舞台上说"不"的底气！自1922年起，一批批出类拔萃的威海青年，被招募为香港警察。他们以身体强健、执法勤勉等卓越素质，受到香港社会的高度赞誉，堪称"港警威龙"！

（一）太阳故乡，"朝舞"之地

1. 羲仲宾日

旸谷测春分

威海市文登区界石镇西北部昆嵛山的东麓，有个小村庄名叫"旸里"。这个村名是不是罕见又独特？的确，这个村落可非同一般，其中深藏着一

旸谷山墓地

段远古时期的奥秘。据相关史料佐证，此村落即《尚书·尧典》中记载的四千多年前"羲仲宾日"之地。

旸里村村口的村志碑背面刻记道："尧帝命羲仲在这里寅宾出日。"古人以此地为日出之地，所以此村才得"旸里"之名。《尚书·尧典》篇中也有记载，尧帝命羲仲住在东方的旸谷，恭敬地迎接日出，辨别测定日出的时刻。以昼夜平分的那天作为春分，以朱雀七宿见于南方正中之时，作为确定仲春时节的依据……

四千多年前，羲仲率领一队人马，自遥远的尧都平阳一路向东，追随太阳的轨迹而来。一天清晨，他们穿过昆嵛山、拐过山口后，旸里村骤然呈现在东方。万簇曙光自村东喷涌而出，一轮火红的太阳正从目之所及处冉冉升起……羲仲一行激动不已，也万分庆幸，他们终于找到了太阳的诞生之地，并在此地举行了一系列的膜拜仪式。

　　古人认为，太阳就是从旸谷山东面出来的，在此宾日理所当然。2011 年 8 月，在文物普查中，相关考古人员在旸谷山上发现了一个很像小型墓葬的石棺穴，挖掘出了一些破碎的陶片和炭粒。据考古人员推断，这很可能是四千多年前羲仲在此宾日的遗留。

　　虽然典籍中有记载，但民间依然有别样的传说。尧帝深知国力的增强需依靠农业的发展，但当时稼穑的各个环节无规律可循，屡屡因播种、收获不合时宜而遭遇灾害。虽然疆土辽阔，气候差异大，但总有共性和规律。为了掌握气候变化的规律，尧帝决定派知晓天文和地理的大臣羲仲、羲叔、和仲、和叔分赴东、西、南、北四方，设立气象观测地，通过观测二十八星宿出没和到达中天的时刻来判定季节，观测太阳运行与自然物候变化的规律，为制定指导农业生产的历法提供可靠的第一手资料。羲仲在旸谷山建立了迎候日出的祭坛，并持之以恒地进行探索和观察，最终得出了太阳升起和落下的规律，以及气候变化对庄稼、树木、花草等的影响。他还深入农村，搜集有关气候的农谚，向老农寻求关于耕种的经验。这些为他推算节气变化提供了资料。

功夫不负有心人，羲仲带领观测地的人员在旸谷山获得了大量调研记录的第一手资料，并根据昼夜相平的情况，在黄昏时观测到一个重要的天文现象——在春天的某日，东青龙、西白虎、南朱雀、北玄武四象二十八宿都出现于天空。这是一个惊人的发现。羲仲把这一天定为春分日，这为制定二十四节气奠定了基础。在每年的 3 月 21 日前后，太阳到达黄经零度，这天昼夜时间平分，春季九十天平分，所以称"春分"。春分是二十四节气中的第四个节气，古时又称"日夜分""日中"。虽然农历日期不固定，但春分一到，杨柳青青，莺飞草长，麦苗拔节，迎春花香，因此传有农谚："春分麦起身，一刻值千金。"

在尧帝的统筹下，综合各方位观察站的资料，终于制定出了二十四节气。农民依据二十四节气妥善安排耕、种、管、收、藏等农事活动，并得出农谚："一年之计在于春。"虽然二十四节气受日月运行的影响，没有固定的日期，但每半个月为一个节气，便于农人推算，极大地推动了农作物耕作制度的改革，有效地促进了农业生产。二十四节气的制定，羲仲可谓厥功至伟。史学家班固在《白虎通·封禅》中记下了"燎祭天，报之义也"，可见，祭日的活动流传于后世。更重要的是，二十四节气对当今的农事活动仍有指导意义。

羲仲宾日，将太阳的印记深深地嵌入了威海这片土地。

2. 秦始皇东巡

天尽头求仙

成山秦代立石

始皇二十八年（前219），秦始皇东巡的仪仗卫队浩浩荡荡地出现在了今威海市。

秦始皇吞并八荒，成就帝国大业，可谓登峰造极。在吞并六国的最后一战中，秦军避实就虚，绕开西线齐军主力，直抵临淄，逼迫齐王不战而降。所向披靡的秦始皇，却对东方滨海地区心有不安。

其实，秦始皇不辞鞍马劳顿而东巡的最大动力，是东海之上有关于神仙的传说，更有关于长生不老草的传说。秦始皇一统天下之后，当然想要将其帝业传至千秋万代，这也是秦始皇成为始皇帝以来坚持不懈的追求。精明的方士自然明白秦始皇的心思，讨好地提醒道："陛下何不追求长生不老，永远统治天下？"秦始皇恍然大悟，传至千秋万代何如自己长生不老，永远掌控帝国？可如何才能长生不老呢？

这正中方士下怀。皇帝想要长生不老，这正是他们大显神通的机会。他们在秦始皇面前摇唇鼓舌，说东海之上有蓬莱、方丈、瀛洲三座仙山，山在虚无缥缈间，山上有仙人居住。那琼田之上生有不死草，服用此草，则可长生不老……

拥有天下的秦始皇，开始追求长生不老。于是，秦始皇安坐在鉴舆之上，在文武百官和万千虎贲之师的陪护下，向东海进发了。一路上骅骝开道，貔虎扬镳。

崮山出土的秦代铁权

据《史记·秦始皇本纪》记载，公元前219年，秦始皇第一次东巡，"过黄、腄，穷成山，登之罘"。"黄"即今龙口市，"腄"即今福山区，"成山"即今荣成市的成山镇。明洪武三十一年（1398），朝廷在成山设卫，取名"成山卫"。

秦始皇东巡的卤簿仪仗经过现在的龙口、福山等地，沿胶东半岛上的辇道，经不夜之地，直达成山的"天尽头"。齐有八主，成山为日主所在地。在远古先民的认知里，这里是大陆的终点，是"朝舞"之地，也是神话的起点。到成山礼日，是秦始皇此行的重要内容，但比礼日更重要的，也许是寻访神仙，求得长生不老草。

秦始皇也为后世留下了一路传说。那些传说经乡间一代代耆老的加工创造、添砖加瓦，在乡间的地理名词里展现了出来，衍生了许多亭台楼阁，有些甚至演绎成了首尾呼应、情节瑰奇的神话故事。现今，成山南峰仍存有一石碣。道光年间的《荣成县志》中记载："始皇东游，立石成山。"成山虽历经千年的风雨剥蚀，却依然巍峨矗立于海滨，为威海盖上了精美的印章。成山立石上的刻字因剥蚀漫漶而难以考究。对此众说纷纭，有"天尽头"三字说，有"狱讼所公"四字说，还有"秦东门"

7

成山头的始皇庙(庄士敦摄于1910年前)

成山头的始皇庙

三字说。秦始皇和他的帝国已被历史的尘埃埋没，但是关于他东巡的一系列传说却永远留在了威海这片土地上。这里的传说俯拾即是：秦桥遗址，成山矮松，夫人山，始皇庙……

秦始皇曾三次巡视齐鲁，两次到达成山，第二次临幸成山有史料记载。秦始皇于沧海之上寻仙射鲛，何其壮哉！岂料竟在归途中溘然长逝。

3. 汉武帝东巡

成山头祭日

汉武帝刘彻诗赋才情极高，曾写下著名的《秋风辞》，感叹岁月流逝，表达对贤才的渴求："秋风起兮白云飞，草木黄落兮雁南归。兰有秀兮菊有芳，怀佳人兮不能忘……"鲁迅先生称此辞"缠绵流丽，虽词人不能过也"。

汉武帝继位时，国富民强，推崇玄虚的神仙学说的方仙道也随之活跃起来。跟秦始皇一样，汉武帝也笃信神仙之说，加之受身边方士的蛊惑，他更加热衷于寻仙求药、长生不老。《汉书·郊祀志》中记载，汉武帝即位之初，就特别重视敬祀鬼神。

元封元年（前110），汉武帝"东巡海上，行礼祠八神"，成山的"天尽头"再次被涂抹上浓墨重彩的一笔。据史料记载，西汉时，成山已建有祀日的"日主祠"，其建筑一直延续到清代末期。此次东巡，汉武帝最大的心愿就是能见到海上神仙，以求长生不老。随行的通晓神仙之说的方士多到难以计数，据史料记载，当时专门供方士使用的车辆就有数千辆，可见汉武帝对神仙学说崇信到了何种程度。

汉武帝之后又多次东巡海上，确知其到成山祀日是太始三年（前94）。《汉书·武帝纪》中记载："行幸东海，获赤雁，作《朱雁之歌》。幸琅邪，礼日成山。登之罘，浮大海。山呼万岁。"此时的汉武帝已经过了花甲之年，他虔诚地祭祀，祈望神灵能为自己赐福延寿。汉武帝在成山举行的礼日仪式的主持者，是自称有沟通人神之术的专职巫祝。基本的供品有一太牢，其他供品不胜枚举。祭祀所用的器具有圭、璧等。由大司乐"奏黄钟，歌大吕，舞《云门》"。

1979年10月，国家海洋局成山观测站在成山南侧施工时，发现一处祭祀坑，此处遗址出土了四件玉璧、两件玉圭和一件玉璜。其布局为：玉璧居中，玉圭置两侧，玉璜在其上。璧玉色青绿，琢工精细，面饰蒲纹，周环变形的夔纹；璜为白色的玉所制，饰谷纹；圭大小相同，均为素面。

西汉育犁故城遗址碑

经考证，此组玉器为西汉前期的文物，应该是汉武帝成山礼日的遗物。

值得一提的是，秦始皇在成山举行祭日仪式时，按《周礼》的规制用的器物是二圭一璧，而汉武帝同样在此祭日，则在此基础上增加了一件玉璜。由此可见，至汉武帝时，周礼已有所变通。

（二）海疆守卫壮歌

1. 海疆"营""卫""所"

相拱御倭寇

明代初年，胶东半岛，特别是半岛东部的今威海市，时常遭受倭寇的袭扰，百姓叫苦不迭，朝廷也深以为忧。为整饬海防，朝廷先后在今威海市建立了营、卫、所等军事机构，有效地抵御了倭寇的入侵，巩固了海防。卫、所的官兵多为世袭，因此家眷多随之迁来，这也使得此地的人口大大增加，促进了对此地的开发。

北洋海军德政碑

"营"即军营，是

国家镇戍部队的驻防地、集结地。所谓"卫""所"，是朱元璋模仿北魏隋唐的府兵制和元朝的军制创立的，卫所制也是明朝军队建制中极其重要的制度。"营"虽管辖"卫""所"，但"营"的设置却晚于"卫""所"。

明洪武二年（1369），莱州卫在文登城设置了文登备御千户所，委任管军千户、镇抚等官。同时，在沿海要冲设立了温泉镇、辛汪寨、赤山寨三个巡检司。三司各设巡检一人、司吏一人、弓兵百人，巡防海岸。有资料记载，六年间，倭寇虽不时在近海伺机登陆，但慑于海岸的防备而不敢贸然靠岸。明洪武十七年（1384），信国公汤和巡视海上，构筑了山东沿海诸寨城。威海境内较知名的寨城有四个：远岛寨城（今文登区泽头镇境内）、玄真岛城（今荣成市石岛附近）、竹岛寨城（今威海市区）、五垒岛城（今文登区泽库镇境内）。明洪武三十一年（1398），魏国公徐辉祖和大都督朱某在文登、莱州沿海要冲建立了卫、所，有威海卫、成山卫、靖海卫与宁津所。之后又垛集沿海四万壮丁补充卫、所，成立了捕倭屯田军。威海卫、成山卫、靖海卫经三年时间各自建成。同时，又建立了墩、堡。所谓"墩"，是指建于沿海高地的人工培土加高的烽火台，俗称"烟墩"。白天遇到敌情，墩兵便在墩上燃烧狼粪，使其发出细而高的黑烟，俗称"狼烟"；夜间遇到敌情，则在墩上举火向邻墩报警，墩墩相传，卫、所便能知晓敌情，及时加以防御。所谓"堡"，是指建在官道旁的驿站，用来传递信息。一般十里设一堡，并建有简单的房舍，可供食宿、换马。堡中也有规模较小的墩台，可举火发烟报警。其时，威海卫有墩九座；靖海卫有墩二十座，堡八座；成山卫有墩十座，堡九座；宁津所有墩八座，堡九座。明宣德二年（1427），朝廷又于文登县城建立了有相当规模驻兵的文登营，辖威海卫、靖海卫、成山卫和宁海卫。

明成化年间，朝廷增设了百尺崖备御后千户所，隶属威海卫，所内有墩六座，堡三座；增设了寻山备御后千户所，隶属成山卫，有墩八座，堡七座；增设了海阳守御千户所，隶属大嵩卫，有墩、堡十八座。至此，威海境内的海防设施基本完善。

至明嘉靖年间，在一百多年的时间里，由于海防设施日益完善，倭寇望而生畏，不敢侵扰，威海沿海社会秩序日益稳定。

永乐六年（1408），倭寇突然袭击掳掠成山卫、白峰寨、罗山寨，祸及沿海数百里。威海境内的其他卫所未能及时联动御敌，致使沿海居民重罹其害。为弥补卫所防御之漏洞，当年朝廷便在山东沿海设置了总督登莱沿海兵马备倭都指挥使司，统称"备倭都司"（驻蓬莱），为山东沿海最高军事指挥机关。明宣德二年（1427），又在文登城西门设立了文登营，备倭都司指挥即墨、登州、文登三营十一卫。这改变了过去卫所各据一方、不相统属的局面，有效地加强了山东半岛沿海的防卫能力。

明永乐年间，朝廷在山东沿海设营，作为都指挥使司和卫所中间的军事指挥机构。山东共设三个营：一是即墨营；二是文登营；三是登州营。三个营管辖山东二十四个卫所，文登营管辖靖海卫、成山卫、威海卫、宁海卫四个卫和四个千户所，营中设把总（指挥使、正三品）、指挥同知（从三品）、指挥佥事（正四品）等武职官员。把总为各营长官，与指挥同知、指挥佥事共同掌管总营事。明初，朝廷在山东半岛东部先后建立完善了营、卫、所等防御倭寇的军事体系。为使卫、所官员的子孙世代传承海防观念和职责，明朝官制规定，卫、所官员逝世后，由其长子世袭官职，享受俸禄待遇。

明永乐四年（1406），倭寇进犯威海湾，侵占刘公岛，并乘机在威海卫东海岸登陆。清乾隆年间的《威海卫志》中记载了倭寇的暴行，卫城外生灵涂炭，百姓几乎被杀光。倭寇继而又攻打了卫城，威海卫指挥佥事扈宁率军进行抵御，卫城百姓大力支援。倭寇连续攻击三个昼夜，卫城仍屹立无恙。三天之后，大都督统兵援战，与守城将士里外夹攻，倭寇受挫后败逃。

明永乐十四年（1416）春，倭寇集结三十二艘船只，驶至靖海卫杨村岛附近的海域，伺机侵犯靖海卫。都督同知蔡福会同山东都司调集兵马，严阵以待，当倭寇登陆进犯时，给予其沉重的打击。因倭寇两次自靖海卫西门侵犯靖海卫，当地军民干脆封堵了西城门。

明嘉靖三十四年（1555），一股倭寇乘船从胶州湾驶抵威海卫以北的海域，欲劫掠卫城。威海卫守军将其围困。几天后，倭寇粮尽水绝，铤而走险，登岸抢掠。卫城守军奋力抗战，将其全部俘获。

营、卫、所、墩、堡成掎角之势，相拱相连，形成了较完备的沿海防御体系，有效地抵御了倭寇的屡次侵扰。

2. 赫赫文登营

"东方名藩"镇海疆

明宣德二年（1427），朝廷在文登城西门设立了文登营。由于威海三面环海，极易遭到来自海上的倭寇的侵扰，文登营无疑成为重要的海防军事基地。当时驻扎在这里的官兵来自全国各地，仅马步兵就有一千余人。据地方史志记载，文登营设立八年后，为强固营盘，于公元1435年东移扩建，新的营盘雄伟壮观，各方面的功能也得以大幅加强和提升。营盘外围的土墙夯实后高达三米，四周总长一千五百米，形成了一座城堡，东面、西面、南面都有城门。还分设了教练场、分阅厅与旗纛庙，方便士兵进行军事操练。后来，官兵们的家属也随之迁来。随着人口的繁衍，这里慢慢地就演变成了一个村落，即"文登营村"。文登营位于沿海防倭前线，下辖宁海、威海、成山、靖海四卫，共九大军事单位。文登营的职官被称为"把总""指挥"，大多为将军级，有的被授予"护国大将军"的头衔，有的官至二品，可以说文登是当时中国东部沿海最高军事机关的所在地。

文登营能名扬四方，不仅是其管辖的长约两千里的海岸线对倭寇起到了极大的震慑作用，而且与一个显赫的英雄人物有关，此人就是威震海疆的抗倭名将戚继光。戚继光到文登营巡视海防时，在文登营的营城牌匾上留下了"齐东重镇""东海名藩"的题词。戚继光的父亲原先是登州卫指挥佥事，戚继光天资聪慧，从小就受到父亲的熏陶，立志长大后成就一番事业。他在十七岁那年，继承父业，成了登州卫指挥佥事。虽然戚继光是武将，文才却不输文人。他视察时路过文登营，诗情勃发，咏出了那首著名的《过文登营》："冉冉双幡度海涯，晓烟低护野人家。谁将春色来残堞，独有天风送短笳。水落尚存秦代石，潮来不见汉时槎。遥知百国微茫外，未敢忘危负岁华。"他还写过另外一首《韬钤深处》，其中的两句更为著名："封侯非我意，但愿海波平。"充分表达了他不求官达，只求歼灭来犯之敌、永保国家安宁的崇高情怀。

康熙四十二年（1703）七月初六，人数众多的倭寇分乘四只船自海上而来，企图出其不意地洗劫威海卫。卫城的重火器大炮只有几门，难以抵御倭寇，守卫威海卫的兵力也不足，根本对付不了众多倭寇。虽情形危急，但威海卫守备张陈强自镇定，一面派兵寻求支援，一面披挂上阵迎敌。文登营副将与福宁营守备收到求援信后，虽带着官兵急奔威海卫，但毕竟需要时间。张陈在组织仅有的兵马进行抵抗的同时，也发动城中百姓进行自救。猖狂的倭寇不断炮击近海商船，将船上的财物洗劫一空后，又将商船拖到刘公岛前点燃焚烧，顿时海面上火光冲天。怎样才能既打击敌人的嚣张气焰，又能震慑住倭寇使其不敢上岸呢？张陈想出了计策，他命人挑选出了一些青壮年，让他们换上士兵的衣服，以扩充守备队伍；又命百姓取下自家的烟囱，在海边伪装成一排对敌大炮。真真假假的大炮全都摆在了海边，齐刷刷地对着刘公岛方向。

倭寇虽气焰依然嚣张，但多次派少量人马试探着抢滩登陆，都被守岸军民击溃了。见海岸上还摆着一排大炮，倭寇不敢押上全部人马贸然冲滩抢岸。经过几番小规模交锋，倭寇最终未能突破守岸军民的顽强阻击。

文登营的援军终于来了，他们与守城的官兵合力对浅海的倭寇进行了真正的远程炮击。倭寇的船只、人员大伤，倭寇只好丢盔弃甲地逃离了。这次威海卫保卫战的胜利，彰显了官民守城的智慧，也体现了文登营的存在价值。

3. 李鸿章数莅威海卫

北洋水师始成军

威海位于山东半岛的最东端，具有天然的海湾，且海湾口以刘公岛为天然屏障，是建设军港的绝佳地点。早在1875年，山东巡抚丁宝桢就在参加海防筹议时上奏朝廷，首次提出了在威海卫建设近代海军基地的设想。在北洋海军成军的前一年，淮军系统中原驻防河北的绥军和巩军共计十三营，被李鸿章调到了威海卫。威海卫和刘公岛的海陆防御工事随即开始动工建设。

时局全图

从1884年至1894年的十一年间，北洋大臣李鸿章曾先后五次来威海卫视察海防建设，并在

16

此留下了其实践海权思想
的印记。1888年5月5日，
李鸿章率领僚属周馥、
刘汝翼、周盛波等人，从
天津乘船出发，巡视北洋
沿岸的海防要塞和基地建
设，第三次来到威海卫视

北洋海军提督署

察。此时的威海卫，已经初具一座近代化海防要港的面貌。就
在当年年末，清政府正式批准、颁布、实施了《北洋海军章程》，
李鸿章苦心筹建的近代化舰队——北洋海军，终于在刘公岛落
地，正式成军。

《北洋海军章程》中有明文规定："每逾三年，王大臣
与北洋大臣出海校阅海军。"北洋海军成军三年之后，1891
年5月23日，李鸿章又率僚属周馥、刘汝翼等人，从天津大
沽乘船出发，进行北洋海军成军之后的第一次三年大阅兵。
在检视了旅顺、大连等地后，于6月1日抵达威海卫，是为
李鸿章第四次到威海卫视察海防建设。威海卫海防基地已大
致成形，刘公岛铁码头、
日岛炮台都已依次建成，
这令李鸿章欣喜不已。
北洋海军在威海湾中的
操演"万炮齐发，无稍
参差，西人纵观，亦皆
称羡"。

俯瞰刘公岛

1894 年 5 月 7 日，正值东邻属国朝鲜的局势出现变乱之际，李鸿章仍按三年大阅制度，从天津出发，视察环渤海湾海防，并于 5 月 19 日到达威海，这是他对威海卫的第五次视察。就在这次巡阅中，李鸿章在威海卫题下了一副饱含深意的对联："万里天风，永靖鲸鲵波浪；三山海日，照来龙虎云雷。"此联透露出的正是当时其海权思想中，以自守为海防第一要义的初步目标。可能李鸿章本人也料想不到，仅仅几个月之后，由日本挑起的中日甲午战争猝然爆发。李鸿章期待的"永靖鲸鲵波浪"的局面，被日本的舰炮给轰破了。

4. 中日甲午海战

北洋水师覆没

1894 年，朝鲜发生了东学党农民起义，清政府应邀派兵入朝戡乱。1894 年 7 月 25 日（农历甲午年六月二十三），日本不宣而战，在朝鲜丰岛海域袭击了前往增援朝鲜的清军运兵船"济远"号和"广乙"号，丰岛海战爆发。当年 8 月 1 日，中日两国宣战，甲午战争爆发。

1894 年 9 月 17 日中午，由海军提督丁汝昌率领的"定远"号和"镇远"号等十艘北洋舰队主力舰，与伊东祐亨率领的日本联合舰队主力相遇，爆发了近代中日海军间的首次主力决战，史称"黄海大东沟决战"。北洋海军苦苦支撑，鏖战五个小时，最终以损失四艘军舰的沉重代价，输掉了这场决定性的海战。

这场海战结束后，回到旅顺的北洋海军各舰都受损严重。

而旅顺基地的修理能力有限，无法在短时期内予以修复，导致北洋海军主力舰长期滞留在旅顺，从而使黄海制海权沦入日军之手。由于北洋海军舰船在旅顺沦陷之前已经先行撤往了威海卫，日本海军随即于1895年1月20日在大雪纷飞中登陆了荣成的龙须岛，并攻占了荣成县城。而后在桥头击败了守防的清军，接着就开始了对威海湾南岸炮台群的进攻。在保卫炮台的战斗中，北洋海军船舰驶近岸边，用舰炮支援陆军作战，给日军造成了一定的杀伤，击毙了日军第六师团第十一旅团长、陆军少将大寺安纯。

1895年2月3日，日本联合舰队再度向威海湾猛扑，仍然被北洋海军顽强地击退。之后，日本舰队派出鱼雷艇，趁着夜幕降临偷偷进入威海湾发动偷袭。北洋海军残存的主力舰"定远"号、"靖远"号、"经远"号、"威远"号等相继罹难。

战斗中，邓世昌驾驶着被敌人火力重创的"致远"舰，拼命撞向"吉野"舰右舷，誓与日舰同归于尽。最终"致远"舰不幸中弹，不屈地沉没了。据载，邓世昌坠海后，部下抛下救生圈施救，他却在波涛中大喊道："我立志报国，今死于海，义也，何求生为？"据说他的爱犬也游至其旁，用嘴咬扯着主人的衣袖，想将主人救上

"靖远"舰（局部）

岸。但邓世昌誓与自己的战舰同生共死，他毅然抱住爱犬，一同沉于波涛之中，壮烈殉国。

威海卫被日军占领之后，北洋海军提督丁汝昌部署抵抗，并严词拒绝了日本联合舰队司令伊东　亨的劝降，最后服毒自尽。

1895年2月14日，威海卫水陆营务处道员牛昶昞作为中方代表，在日舰"松岛"号上与日军签署了《威海降约》。这宣告了刘公岛保卫战的失败，也标志着北洋海军的覆没。1895年2月17日之后，刘公岛被日军全部占领。

（三）英国强租威海卫

1."国帜三易"

痛哉张伯苓

1898年5月，清朝的"通济"舰载着朝廷大员，战战兢兢地驶进了波澜不惊的威海湾。但在"通济"舰年轻的见习驾驶官张伯苓的眼里，舰艇两侧翻卷的水花，是北洋舰队的将士们喷涌的碧血；威海湾内的滚滚波涛，是中华民族流不尽的悲怆之泪。几年前，清朝的北洋水师与日本联合舰队在此发生了海战，曾一度称雄亚洲的北洋舰队一败再败，最后竟然在这个海湾全军覆没，而且日本的舰队占领了北洋水师的大本营——

威海湾中的刘公岛！

张伯苓自小立下从军报国之志，十六岁时便以优异的成绩考入了天津北洋水师学堂，学习舰艇驾驶。历经四年苦学，张伯苓以最优异

威海卫回归

的成绩毕业了，但他却赶上了北洋水师全军覆没的悲剧。因无舰艇可上，他只得赋闲在家。此时，迫切想要驾驶舰艇一雪国耻的张伯苓真是报国无门。不难想象，他的心中充斥着何等的悲郁之情！

甲午战败，虽然清廷被迫与日本签订了丧权辱国的《马关条约》，并赔偿了日本 2 亿两白银，但这只换来了暂时的平静，随后列强掀起了瓜分中国的狂潮。时任北洋水师见习驾驶官的张伯苓目睹了屈辱的场面：一手接收被日本占据了三年之久的刘公岛，而另一手则要将刘公岛，连同整个威海卫再租借给英国！

看着刘公岛上飘扬的日本国旗，再看看前来强租威海卫的英国军舰上飘扬的英国国旗，张伯苓真是欲哭无泪——无论内心如何不堪忍受，他都只能接受。

"通济"舰抵达刘公岛的当天，清廷即从日本占领军手中接管了刘公岛。日本国旗不情愿地从旗杆上降了下来；大清朝的黄龙旗又战战兢兢地爬上了违别四年的旗杆……

第二天，前来租借威海卫的仪仗队伍铺排开来。

卫城西街（背景为刘公岛）

一个四方形的仪仗队列在岛上的小广场上排好：三边是身材魁伟、威风凛凛的英国水兵仪仗队，一边是衣着松垮、神情萎靡的清廷水兵仪仗队。如刺天长矛般的旗杆上飘着岌岌可危的清朝的黄龙旗……

原北洋舰队"威远"号管带林颖启代表中方宣布：中英两国为修睦好，现将威海卫租借给英国。英舰"水仙花"号舰长金·霍尔上校代表英方宣读了租借威海卫的宣言。清朝的黄龙旗自旗杆上降下，英国国旗徐徐升起。英国人用照相机拍了照片，这个场景便被永久地记录了下来。在喧嚣的鼓乐和声浪中，中国的这片疆土被英国占领了……当天，恰好是英国女王维多利亚七十九岁的生日。英国皇家海军把刚刚得到的东方的这片疆域作为巨大的生日蛋糕，献给了他们的女王。

刘公岛上"国帜三易"的屈辱场景，令张伯苓悲愤又无奈，他决心弃武兴教，教育救国。"自强之道，端在教育"，中华振兴，旨在育一代新人，教育救国的宏愿在张伯苓心中铸成！众所周知，后来张伯苓创办了"允公允能，日新月异"的南开大学，为国家培养了大批人才！"卢沟桥事变"后的第二十二天，日本侵略者便用战机对南开大学进行了狂轰滥炸。张伯苓站在硝烟未尽的南开大学的校园里，大义凛然地说道："敌人所能毁者，南开之物质；敌人所未能毁者，南开之精神！"得知投笔从戎的四子张锡祜以身殉国的噩耗后，张伯苓仰天长叹道："吾早以此子许国，今日之事，自在意中，求仁得仁，复何恸为！"

2. 百姓抗英租

两战泣血泪

中英签订《订租威海卫专条》之后，双方又商定，在中英双方联合划界委员会勘定完边界之前，英方不得在威海卫行使管治权。但英方于1900年发布了两项告示，正式宣布英方将在当年接管威海卫，租借地的百姓自当年起要按旧税率向威海卫殖民当局缴纳钱粮。威海卫百姓的抗英情绪越发高涨。1900年3月14日，威海西部姜南庄村的晚清秀才、年近七旬的教书先生崔寿山挺身而出，于姜南庄村振臂一呼，公开打出了办团练抗英的旗帜。招募当天，便有七百多人扛着长矛、大刀、土枪，抬着小炮，踊跃前来，参加团练。

由于当地百姓示威、抵抗势态的蔓延，登莱青道道台兼东海关监督李希杰向英方提出，待百姓的抵抗情绪消落后再开始划界。

但英方态度强硬，表示无论百姓如何阻挠，都将继续进行划界，英军不会畏惧任何阻挠……

5月5日下午2时30分，在英军彭罗斯少将率领的队伍埋完第32号界碑返回军营时，一千五百多名手持铁锨、锄头、

当年夕照威海湾

木棒、石块的百姓突然从前方冲过来，不断向英兵投掷石块等物，有的英兵头部被击中。英兵开枪击倒三名百姓后，朝着山下军营的方向跑去。百姓紧追不舍，双方混战到了一起……鲍尔上校随即率两连的兵力前来救援，英军无一阵亡，成功撤退，但河床上留下了十九具抗英百姓的尸体。

5月6日上午，成群的百姓扛着土枪，抬着土炮，向垛顶山的英军驻地围拢而来。

英军向围上来的民众开枪射击，而抗英民众则不顾枪林弹雨，义无反顾地冲向英军。抗英民众点着的土炮爆发出巨响，硝烟弥漫，火舌乱窜，但这对英军阵地根本构不成任何威胁。又有十名抗英民众阵亡，伤者更是不计其数，而英军则无一人伤亡。两次民众自发的抗英之战，共有二十九名百姓惨死。中方官员虽同情抗英民众，但能做的也只是反复与英方交涉，要求惩办凶手，抚恤伤亡民众，并暂停划界。

殖民当局并不理会中方官员的抗议，一意孤行，继续单方面划界。中国地方官府无可奈何，只能发布约束，甚至是威慑百姓的告示。1900年6月12日，山东巡抚袁世凯接受了英方勘划的威海卫租借地界线。

3. 两个"洋儒生"

骆克哈特与庄士敦

英国租借威海卫之初，虽设置了威海卫临时行政公署，但还是由英国驻华海军司令派员管理具体事宜。1899年，英方又将威海卫转交给了英国陆军部，至1901年1月1日，英国殖民部才正式接管威海卫。1902年5月，曾任港英政府辅政司兼华民政务司的骆克哈特来威海卫履职，成为驻扎在威海卫刘公岛等处的地方办事大臣、威海卫租界首任文职行政长官。

1858年，骆克哈特出生于苏格兰，少年时代曾就读于英国威廉姆女王学院和沃森学院，后又毕业于爱丁堡大学。1878年，骆克哈特考入英国殖民部，在女王学院经过一年的汉语培训后，于1879年作为见习生被派往中国香港。他痴迷于中国的传统文化，而且逐渐成为中国字画、古钱币和工艺品的著名收藏家。在香港期间，骆克哈特就已博得了"洋儒生""中国通"的美誉，其职位也随之晋升。

骆克哈特刚到威海卫时，就踌躇满志地宣称，威海卫比香港的自然条件更优越，完全有理由相信，将来会发展得比香港更好。他将香港的那套法律制度和管理体系、政策移到了威海卫，在很短的时间内便稳定了威海卫的殖民统治秩序。招商多次受挫，骆克哈特便多次对英国殖民部表示了强烈的不满，认为威海卫经济发展受挫，完全是英国殖民部对威海卫实施的政策造成的。骆克哈特百般努力，但收效甚微，他只好寄情于山水，继续研究中国古典文学。

在骆克哈特就任威海卫租界首任文职行政长官的第二年，又一个重要人物庄士敦也来到了威海卫租界任职，他不仅是威海卫租界的重要人物，而且被史学家视为影响中国历史的一百位洋人之一。他是个比骆克哈特更迷恋中国传统文化的英国人，1874 年生于苏格兰，1894 年毕业于爱丁堡大学。之后，他又考入了牛津大学玛格德琳学院，并获得了学士学位。

1898 年，经过激烈的角逐，二十四岁的庄士敦考入了英国殖民部，同年，他便作为一名见习生被派往中国香港。在香港庄士敦脱颖而出，职位迅速得到晋升，他先后任辅政司助理、港督卜力的秘书。自上大学起，庄士敦便被古老又璀璨的东方文化迷住了，儒家思想的博大精深让他痴迷不已，他从骨子里变成了一个"洋儒生"。

乍到威海卫，庄士敦连日游走于乡间，以极为欣赏的笔触记录下了对威海卫的印象：街头巷尾，到处都能听到老者吟咏子曰、诗云、古语说，等等。所有人的表情都是温良纯朴的，甚至有点儿呆滞。上了年纪的人，在父母面前也会像小孩子一样畏首畏尾、唯命是从。威海卫的一切，在庄士敦的眼中和笔下，都如诗如画。

骆克哈特和庄士敦这两个"洋儒生"，深悉孔子在中国士人阶层中的分量和在普通百姓中的影响。1903 年，骆克哈特访问曲阜拜谒孔府时，第七十六代衍圣公孔令贻向其赠送了孔子的画像，同时也向其索求英国国王的画像以作为纪念。第二年，经当时的英国国王爱德华七世的批准，庄士敦又专程将画像送往孔府。

在"堪称中国的缩影"的威海卫，庄士敦要实现其抱负，为"儒家思想的生命作最后一搏"（庄士敦语）。他经常坐着马车，带着帐篷，走村串户，调查社情民

村董楷模

意，并能用流利的威海方言与百姓交谈。晚上为避免打扰村民，他常在野外支帐篷过夜。他很快就融入了威海卫百姓之中。无论大事还是小事，村民们都愿找他解决，甚至连夫妻不和、婆媳不睦、邻里纠纷之类的琐事，也都愿找"庄大人"说道说道。庄士敦的所作所为虽博得了威海卫各界的好口碑，却不受同僚，特别是英国殖民部的待见。庄士敦被视为保守主义者和儒家信徒，甚至被讥讽为"一个愿意生活在野地里的怪人"。庄士敦提出的许多建议不仅得不到英国政府的支持，而且让英国殖民部感到厌烦。他处处受到压制和讥讽，只能去中国各地旅行，寄情于山水。

1918 年 10 月底，他辗转来到了上海。在上海的街头，庄士敦与李鸿章的三子李经迈不期而遇，李经迈竟然举荐他当逊帝溥仪的老师。庄士敦做梦也没想到，自然喜出望外地答应了。1919 年 2 月底，庄士敦自威海卫赴京，走进了紫禁城，成为中国几千年帝王史上第一位和最后一位具有"帝师"头衔的外国人。

4. 足球赛事频

敢与洋人竞球技

英国强租威海卫之后，西方近代体育项目便迅速又广泛地传入了威海卫。至20世纪初，在欧洲大陆及英国流行的大多数体育活动，渐渐风行于威海卫，这也成为威海卫近代体育运动的源头。在诸多体育活动中，尤以球类活动最为兴盛。如足球、网球、高尔夫球、板球、篮球、棒球、曲棍球、墙球、台球，等等。鼎盛时期，威海卫各种球类运动的场所应有尽有，比比皆是，各种球类比赛也令人目不暇接。其中，最有特色且活动频繁的几种球类活动，当数板球、高尔夫球、足球和网球。

那时的威海卫百姓更看重的是足球比赛，它不仅让场上的参赛球员热血沸腾，更能让观众情绪激昂，从而刺激和增强民族自尊心。英国强租威海卫不久，足球运动便在威海卫风靡开来。在威海卫的外国侨民、英军官兵和威海卫的学校等，纷纷成立足球队，并举办了名目繁多的比赛。威海卫成为中国最早开展近代足球运动的地区之一。

参加远东运动会的威海卫代表队

各种西方体育运动项目在威海卫的兴起，激发了当地民众的参与热情。特别是足球，威海卫当时至少建有六处足球场，其中刘公岛上就有三处。在各种体育比赛活动中，足球赛事最为频繁，也最为热门，几乎天天都有足球赛，堪称当时威海卫的"第一运动"。当地百姓也踊跃参与其中，足球迷遍地皆是。英国人在运动场上展示出来的强健体魄和竞技精神，更激起了当地百姓要与之同场较量的那股劲，外国人能行，中国人怎么就不行？当地百姓想方设法参与各种体育活动，特别是足球训练，自发组织了多个行业、团体的足球队，刻苦地进行各项足球技能的锻炼，并相互切磋学习。在提高了运动水准后，他们便选拔出了水平相对较高的球员，组建了各种运动队，迫不及待地要与西方人同场竞赛。

每有当地足球队与英国或其他国家的足球队预约好比赛的时间时，不但当地球队的队员们会认真积极地备战，而且其所在的店铺、作坊、学校、村子等，都会为其提供各方面的有利条件，不少商家还会慷慨解囊，为比赛赞助资金。当然，还有更多的人组成啦啦队，在比赛时为当地球队呐喊助威。在这样的氛围中，本土球队中的不少球员的足球技艺甚至达到了相当高的水准，他们在与外国足球队比赛时屡屡获胜，令西方人刮目相看。

足球活动的广泛开展，带动了威海卫围绕足球展开的小产业。除参与比赛外，为足球比赛服务甚至成为不少人谋生的手段。那些在足球场上专门负责为外国人捡球的球童，有不少已熟谙足球比赛的规则和裁判用语，有的甚至可以充当临时裁判，他们会像模像样地伸手高喊"汉得报"（手球）、"奥赛得儿"（出界）……

参与踢球的人多为学生、商行职员或外国机构的雇员，其中涌现出了很多足球人才。这些人后来或外出求学、经商，或因洋行迁址、军队移防而迁往香港、上海、北京、天津、青岛等地，他们很快便成为当地足球队的主力，也因此让威海足球声名远播。

5. 洋"帝师"

庄士敦的威海情缘

庄士敦于1904年来到威海卫英国租借地履职，任租界政府秘书。因对东方文化，尤其是儒家学说痴迷已久，心向往之，他一心想要在威海卫为"儒家思想的生命作最后一搏"。

虽然公务繁忙，但庄士敦还是尽可能地将精力投入对汉学的研习之中。他四处搜集写作素材，考察当地的民俗风情，查阅当地的史志资料，勤奋写作，于1910年出版了《华北的狮子和龙——威海卫》（《LION AND DRAGON INNORTHERN CHINA——威海卫》）这部有关威海卫的著作。

庄士敦与泰戈尔、林徽音等人

1918年10月底，庄士敦辗转来到了上海。在上海的街头，庄士敦竟然与大名鼎鼎的李鸿章的三子李经迈不期而遇。六七年前，在大清王朝倾覆之际，李经迈曾来威海卫投奔庄士敦，两人早已成为密友。庄士敦做梦也没想到，李经迈竟然提出要聘请自己给逊帝溥仪当老师，讲授西方文化，以及教授英文。原本为宣统帝的老师的徐世昌，因要出任"中华民国"大总统而辞去了"帝师"之职。他与人暗中商定，要为虽失去权力，但仍保留帝号的溥仪挑选一位教授欧洲宪政知识和英文的老师。物色"帝师"人选的重任，就交给了曾去欧美考察的李经迈。

1919年2月底，庄士敦终于离开威海卫到了北京，走进了充满传奇色彩的皇宫，成为中国几千年帝王史上第一位和最后一位具有"帝师"头衔的外国人，并因此而名闻天下。

这一年，溥仪刚好十四岁，而庄士敦已四十五岁。当庄士敦走进紫禁城中的毓庆宫书房时，溥仪站了起来，两人相互鞠了躬，算是行了见面礼。庄士敦开口说道："皇上，我的中文名字叫庄士敦，我的英文名字叫 Reginald Fleming Johnston。我还有个字，叫志道。"溥仪随口问道："你的字是取自《论语》中的'士志于道'吧？朕也有个字，叫浩然。"庄士敦也随口问道："皇上的字是取自《孟子》中的'吾善养吾浩然之气'吧？这的确是很好的字。"两人都开心地笑了，只这么一次对话，便将两人的距离拉近了。

这个性格温和又率真的英国老师，除了拥有丰富的欧洲各方面的知识外，其渊博的中国学识也令溥仪赞叹不已。他很快便得到了溥仪的敬佩和喜爱，溥仪赐他二品顶戴，并赐他御书房行走等职。庄士敦不仅全力以赴地向皇帝传授西方的现代知识及教授英语，甚至把《新青年》这样的进步刊物也带进了宫

在威海卫的沙滩上行走

中，使皇帝开阔了眼界。他为溥仪打开了了解世界的窗口，紫禁城的重重厚墙再也圈禁不住溥仪年轻的心。

1927年，庄士敦重回威海卫，并出任行政长官，他发现自己已经爱上了这里的一切，"有一种回到家的感觉"。1930年，庄士敦回国后，经骆克哈特推荐，担任了伦敦大学的中文教授，并兼任英国外交部顾问。1934年，庄士敦出版了《紫禁城的黄昏》一书，记述了清廷盘踞紫禁城二百多年后的黄昏时期——从1912年"中华民国"成立到1924年溥仪出宫——的真实情形，曾一度引起轰动。他在书中写道："谨以此书献给溥仪皇帝陛下，最真诚地希望溥仪皇帝陛下及其在长城内外的人民，经过这个黄昏和长夜之后，正在迎来一个新的更为幸福的时代曙光。"

1935年，庄士敦最后一次来到中国，并到长春造访了溥仪，婉言谢绝了溥仪的留任邀请。晚年，庄士敦在爱丁堡购买了一座爱伦岛，为岛上的居室分别起了"松竹厅""威海卫厅""皇帝厅"等名字，整日把玩溥仪赏赐之物，无心世事。

1938年，怀揣着对中国往事的无尽思念，庄士敦走到了生命的尽头，享年六十四岁。

（四）"一战"华工赴欧陆

1. "一战"法、英兵源紧

来华募劳工

1914 年 8 月爆发的"第一次世界大战"愈演愈烈，英法联军战勤劳动力短缺的问题日益严重。前线战勤人员告急，焦头烂额的法国军方突然想到了中国曾向其提出的方案：中国可以向英国、法国派遣劳工，"以工代兵"，协助英法作战。法国军方不得不抛开所有的顾忌，抢先于英国，于 1915 年 12 月 1 日任命退役少校陶履德为法国国防部代表，组成招工团，赴华招募工人。

中国毕竟是中立国，如派华工赴欧陆协助英法作战，恐授德国及其他方以口实。时任"中华民国"大总统府秘书长兼交通银行总理的梁士诒想出了妙策：设立惠民总公司，承揽招工的具体事宜。这可是两全其美的妙招，如此一来，赴欧参战的华工，在形式上便成为法国公司与中国公

英国在华招工行动的策划者罗伯逊中校

司的民间劳务输出了。

1916年5月14日，惠民公司与陶履德率领的招工团签订了在华招工合同。经过两个月的紧张工作，招募的第一批华工由天津出发，于同年8月24日抵达法国。除了惠民公司，在中国为法国承担招募华工工作的商家，还有上海的兴业洋行、道信洋行，广州沙面的志利洋行，香港的利民公司等。

英国一开始对来华招工有着各种各样的顾忌、戒心，但法国军队在战场上的形势渐渐好于英国军队，首批助战华工的输入，是其扭转战争局势的重要原因之一。英国的军需大臣劳合·乔治思量再三，不得不同意在中国招募"四万至五万华工"的计划。他电令英国驻华公使朱尔典，以中国香港为招募基地招募华工。而朱尔典则提出了在威海卫招募赴欧华工的强烈建议，认为威海卫同样是租界，在此地建立华工招募基地，不但同样能避开中国不便派员赴欧洲助战的问题，更重要的是，山东一带的男人身体壮硕，可以胜任艰难环境下的工作。伦敦方面终于同意了在威海卫设立华工招募基地的方案。

1916年10月8日，英军陆军部代表约翰逊·波恩与英国驻华公使馆军事参赞罗伯逊中校来到威海卫，督办招募赴欧华工。"大英威海卫政府招工局"和"华工待发所"在威海卫正式成立，并挂牌营业。

"华工待发所"负责办理赴欧华工的具体事务，设有出发处、警察署、医院、军需处等机构，招募华工的工作迅速展开。在威海卫招募赴欧华工的事宜，除由波恩负责的招工机构直接办理外，还委托当地的仁记洋行、公利洋行等商家代为办理。

1916 年 10 月至 1917 年
4 月，经仁记洋行招募
的华工有数千人之多。
另外，在威海卫的英国
教会组织亦涉足代招华
工之事，其在整个招募
活动中发挥的作用不容
小觑。

华工集中营

　　在各地招募的华工抵达威海卫后，即进入"华工待发所"，
接受各种培训。应募者中留辫子的人居多，"其后由华人自行
发起，捐集奖金，凡剪辫者得领取之。由是去辫者甚为踊跃"。
华工在"待发所"每隔十日可领取一元钱，用于日常花销。华
工赴欧前，每人发一套行李物品，包括雨衣、冬衣、夏季衫裤、
袜子等，并可领到二十元的津贴。

2. "以工代兵"

华工"出洋"助战

　　法国、英国有意来华招募赴欧工人之前，"中华民国"大
总统府秘书长兼交通银行总理梁士诒，就曾向大总统袁世凯提
出：中国应"以工代兵"，派劳工赴欧洲战场，助英法联军作
战，为中国挣得大战后更大的国际空间。中方也曾将以"以工
代兵"的方式为英法提供战勤人员的方案提供给了英国和法国，
只是那时英法两国还有诸多顾忌，没有马上同意。当英法联军

在战场上急需大量的战勤人员时，之前中国向他们提出的助战方案，真可谓是雪中送炭。

英国招募的首批赴欧华工，皆在威海卫集结，并从威海卫赴欧。第一批经过培训的一千多名华工，于1917年1月18日分乘两艘船只，由威海卫高丽码头启程，奔赴欧洲战场。一个月后，第二批华工又在威海卫乘船赴欧。在威海卫运送出几批华工之后，1917年3月，英国又决定将青岛作为直接运送赴欧华工的港口。自此，青岛成为英国第二个华工招募基地，所招募的华工被源源不断地输送到欧洲。

至1918年，在不足三年的时间里，法英两国相继招募了约十四万名赴欧华工。其中，英国招募的华工约为十万名，法国招募的华工为四万名至五万名，而在威海卫接受培训并经此赴欧的华工达四万多名。

初期，华工赴欧的航线为南下印度洋，经苏伊士运河与地中海（或绕道好望角），后抵达法国。在德国发动了无限制潜艇战之后，则改为东行路线，取道太平洋，经加拿大（或巴拿马运河），渡大西洋到达法国。虽然东行路线行程较短，但航程仍需四十天左右。如此漫长的旅途，其间的种种痛苦和危险可想而知。

华工们多为首次出海，大都会出现晕船反应，尤其是遭遇狂风巨浪时，华工们几乎个个头晕

背井离乡下西洋

恶心,呕吐者甚多。故而有人感慨道:"等回到家乡,这辈子就在家老老实实、平平安安地种地,再好的营生也不出来干了。"

华工们居住的都是低等舱,舱内搭有马槽型的卧铺。由于人多拥挤,加之不少人晕船呕吐,空气、卫生状况极其恶劣,华工们苦不堪言。不仅如此,在饮食供应上,账房及厨司还会再行盘剥。

晕船之苦,再加上种种疾病,致使许多华工身染沉疴而逝于海途。在敌方潜艇横行的太平洋和地中海海域,死亡的危险如影随形,焦虑、恐惧时刻笼罩着华工们。闷在船舱里几十天,华工们如在地狱里前行,人人都祈祷着安全抵岸,以登上法国大陆为最大期盼。

1917年2月17日,运送华工的"亚多士"号邮轮遭袭沉没,五百四十三名华工遇难。据北洋政府时期的侨工事务局披露,"一战"期间,光是遭德国潜艇袭击而死亡的华工就有七百五十二人。

3. 华工悲壮歌

血泪洒欧陆

华工们历尽劫难到达法国后,要先进入马赛或努瓦耶勒的齐集所，经重新编队后，再被分派至各地。其中，英国招募的华工主要集中在法国的北部与东北部区域，部分华工被派往比利时服役。在中国正式对德国宣战之前，法国招募的华工大多先在法国的普通工厂或非战区的军工厂当劳工，之后再进入战区的军工厂工作。中国宣布参战之后，华工则直接被派往战区工作，或参与法国的军事工程项目。

英国招募的华工则大多被直接投放到前线战场，少数有娴熟手艺的华工，如铁匠、木匠等，便被派去重操旧业。大多数的普通华工主要从事装卸物资、砍伐树木、挖掘战壕、清扫战场和开采矿山等重体力劳动。

华工们虽然没有直接参与战斗，但他们所做的工作大都与战事相关，而且这些劳役多是法、英、美等国士兵不愿做的。如搬运子弹箱，"一二百斤重的子弹箱，全靠手搬肩扛"。他们为华工们提供的医疗条件极差，华工们遇到小病小伤，只能硬挺。如挖掘战壕，哪怕遭遇雨雪天气，仍要坚持作业。轮班休息时，不少华工只能靠着战壕站立而睡。他们隐忍的品性、承受苦难的耐力，令西方人为之动容。不少华工身处战场，枪林弹雨同样威胁着他们的生命。沉重艰苦的劳役与恶劣的环境，令他们"困苦咸尝，艰辛毕遇"。他们吃苦耐劳、隐忍负重、百折不挠的品格和精神，赢得了世人的高度赞扬。

华工劳作

法国元帅福煦称赞华工们"是第一流的工人，也是出色士兵的材料"。

然而，华工们优秀的精神品质却难以支撑起其应有的地位和尊严，他们依然饱受民族歧视。中国加入协约国之后，欧洲战场的华工们便是履行参战国的义务，理应受到与其他协约国参战人员同等的对待，但实际情况却令人失望。其他参战国的士兵到协约国助战，享受的是"宾主"的礼遇，而华工们则被当成了苦力。

在工资和生活待遇方面，华工们与英法士兵、工人相差甚远。曾在法国的木工厂工作过的华工陈宝玉回忆说，虽然英国木工的技术和操作能力远不及华工，但工资却高出华工很多。华工生病，须经英国医生批准方可休假。各类咖啡馆和酒馆，也不准华工随便进入。更有甚者，英国人连厕所也禁止华工入内，否则，华工就要受到惩罚。

长期遭受不平等待遇和歧视，亦刺激、唤醒了华工们的民族自尊心与爱国意识。战争结束后，英国军方在比利时发起了一场国际运动会。华工们组织了十二支参赛队伍约六千人踊跃参加，他们个个摩拳擦掌，鼓足了劲地要在运动场上与西方人一较高下，为国家争口气。不料抵达运动场地后，华工们却发现飘扬的列国国旗中竟没有中国国旗，

华工

华工参赛队伍立即退出比赛以示抗议。

种种苦难、艰辛，让华工们备受煎熬。根据学者的最新研究，至少有三千名为协约国助战的华工献出了宝贵的生命。

在这些死亡的华工中，直接死于战火的占了很大的比例。1917 年 11 月 15 日，德军战机轰炸了比利时波普林格的一个华工营地，十三名华工当即遇难。在战地清理中，亦有不少华工因触及地雷和其他战时未爆的弹药而伤亡。华工的死亡人数中还包括乘船赴欧途中遭潜艇袭击而亡者、服役期间死于工伤事故者、染病而亡者等。

4. 东西文明融战地

传播文明的纤夫

近十五万华工到欧洲助战协约国，无论对中国还是对欧洲而言，这都是前所未有的，对东西方文化的交融也产生了更深、更广的意义。一方面，华工们通过与欧洲人直接接触，增强了欧洲人对华人的认识，同时也传播了中国的文化；另一方面，受西方文明的影响、熏陶，华工们的思想观念、自身素质等也发生了一定的变化。他们归国后自然携带了"西风"，对国内的各方面也产生了种种影响。大规模的华工与欧洲人全面接触，加深了东西方民族的相互了解，一定程度上改变了欧洲人对华人的道听途说的片面认知，塑造了新的华人形象，赴欧华工堪称"东西方文明的传播者"。

在与华工们的日常交际中，欧洲当地人惊喜地发现，原来

东方与西方

来自东方的中国人"举止有礼，毫无粗鲁之态度"。这些质朴的华工也乐于与当地人接触，他们经常拿着营所发的烟、酒、糖果等，邀当地人同享。华工们逐渐赢得了当地人的尊重，也与他们建立了深厚的情谊。同时，他们还非常喜欢与欧洲人谈笑，令欧洲人"突以为奇"，打破了欧洲人认为中华民族是"不知诙谐的民族"这一孤陋、固化的认知。

华工们融入协约国的战地服务及其他各方面的工作与生活之中，自然而然地会传播中国文化。比如，在节庆日，当地会举办一些中式的文艺演出，会吸引众多欧洲人前来观看。在中国的传统节日春节期间，华工们在昂德瑞克自发地组织、举办了一场中式文艺活动，表演了中国的京剧、梆子戏、评戏、杂耍、舞狮、龙灯舞等节目，令当地人赞赏不已。虽然华工们的演出水平不见得有多高，但东方文化的魅力已令他们深深着迷。

除了节庆日，平日里华工们也常组织小型演出，许多华工队甚至专门成立了自己的戏曲演出班子。如岗城五凤楼煤铁厂的华工们，就成立了一个名为"同乐园"的戏曲班，每逢星期三、星期六的晚上，便会排演新旧戏剧。前去观赏的当地人非常多，该处的华工总办暨法国工头亦常常涉足其间。

华工们凭借精湛的工匠手艺制作的炮弹壳工艺品，则成为传播中国文化的另一种载体。闲暇时，不少华工会将炮弹壳制成笔筒，再镌以花纹，出售给当地人，这些艺术品深受当地人的欢迎。这些艺术品包含了丰富的中国文化元素，如雕刻的龙凤、仙鹤、诗文等。欧洲人欣赏的同时，也在接受中国文化的熏陶。

可以说，华工赴欧助战为中国走向世界打开了一扇窗，在一定程度上展示了中国文化。

"一战"结束后，除部分华工因故留在欧洲，大多数华工则陆续返回了中国。近三年的时间里，华工们在传播中国文化的同时，其思想观念和自身素质，甚至生活方式等也发生了一定的变化。他们归国后无疑会带回这种变化，对周围的人产生不同程度的影响。1918 年 4 月发行的某种报刊上甚至预言，归国华工将会成为传播欧洲文明的最有力和有效的桥梁。

华工们将自己在西方的见闻讲述给身边的人时，其言谈举止、处事做派都会对周边的人产生影响，这的确在某种程度和意义上传播了西方文化。有的华工还会向乡亲们教授简单的外语，介绍一些西方的娱乐活动。华工们所带回的物品，可谓是西方文明的物质载体，如手摇电影机、瑞士表、留声机、见闻录，等等。这些物品不仅直接展现了西方的物质文明，

东西方的乱世姻缘

更重要的是，开阔了乡亲们的视野，让他们对西方文明有了一些直接的感知。华工们带回来的手摇电影机产生的效应更是不得了，每当放映电影时，围观者不计其数。

华工们所撰写的西方见闻录，展现了华工们参战的经历，以及西方社会的方方面面，让读者对西方文明有了更多的了解。有的归国华工甚至将自己对西方的认识、感悟付诸实践。华工孙干本来就是抱着考察西方教育的目的远赴欧洲的，归国之后，他仿照法国的乡村教育模式，在家乡博山建立了第一所乡村女子学校——"和尚坊"女子小学。华工们采他山之石以攻玉的实践，无疑在更深层次上传播了西方文明。

5. 难得的契机

在国外学文化

近十五万名华工在欧洲战场助战时，也遇到了一个难得的契机。那时法国聚集着蔡元培、李礩等一批中国的文化精英，华工们来到法国，有机会听到这些精英教授的文化课程，形

成了大批中国底层平民在国外接受中国精英文化教育的特殊现象。

华工赴欧助战，背后寄予着当时一批中国社会精英的高度期望，蔡元培、李碞等人就是这批精英的代表。1916年3月，蔡元培等人在巴黎发起成立了华法教育会，该组织虽表面上致力于中法文化交流，但其成立的直接动机是对即将到法的大批华工进行文化普及教育。此外，由英国与北美的基督教青年会创设的华工青年会，以"德、智、体"三育为宗旨，为赴法华工提供了各项服务，进行了广泛覆盖的教育，产生了极深的影响。

华工翻译群更是为华工与欧洲人的沟通互动创造了条件。"一战"期间的华工翻译人员是一个不小的群体，仅英方招募的华工译员就达四百余人，他们大多来自中国各大高校。这些翻译人员具有较高的知识素养与开阔的视野，亦不失为中国社会的精英分子。在从事翻译工作期间，他们与其他华工一起工作、生活，建立了密切的互动关系。

在当时的中国，社会上层的精英与底层的劳工在社会地位上有着巨大的差别。而在异国他乡，赴欧华工这一特殊群体却有了与精英接触、接受他们的教育的机会，特殊的时代背景在客观上构架了劳工群体与社会精英互动的平台。华工青年会采用多种方式、采取各种办法对华工们施教，卓有成效，成绩斐然。他们开班办学，所教授的科目以汉文、法文、英文为主，这些班别的教学工作系由青年会的干事、译员等担任。他们还专门编写了适用于华工们的基础教材，让华工们从识字开始，然后再学习其他课程。

第 102 队的华工们为感谢青年会的干事，特意作了一篇祝词，其中写道："汉文算术，指导颇详；注音地理，日就月将；吾侪虽愚，进步非常。"这几句祝词既表达了华工们对青年会的教学工作的认可，亦印证了华工们学业进步之快。

青年会还创办了多种报刊，以期培养和提高华工们的文化素质。其中以 1919 年 1 月 15 日在法国创办的《华工周报》最具影响力，先后由晏阳初、傅若愚、陆士寅担任主编。

除了对华工们进行知识层面的教育，青年会对华工们的德育、体育、群育也颇为注重。华法教育会在华工们即将到达法国之际，便设立了华工学校，并招募了二十余名教师。蔡元培还专门为教师们编写了华工学校讲义，并亲自讲授，让教师们知道在给华工们授课时该讲什么、怎么讲。中国社会精英着力通过创办教育等形式影响华工们的同时，华工们也在某种程度上影响了这些中国社会精英。诚如晏阳初所言："欧战我参加服务华工，等于是自己在受教育。"

1918 年 11 月 16 日，蔡元培在庆祝协约国胜利大会上作了题为《劳工神圣》的演讲，并提出此次世界大战，"我们四万万同胞，直接加入的，除了在法国的十五万华工，还有什么人？"演讲中蔡元培进一步强调了广大劳工的价值——"此后的世界，全是劳工的世界"。近十五万华工赴欧，以其血肉之躯助协约国赢得了"第一次世界大战"的胜利，同时也为中国赢得了战胜国的地位，挣得了国际话语权，让中国在受辱之时有了说"不"的底气。

"第一次世界大战"结束后，战胜的协约国集团决定在法国巴黎召开和平会议。中国作为协约国的正式成员，也派外交总长陆徵祥率团出席了会议。中国作为战胜国，虽然对战事的主要贡献不在于直接参与军事打击，但为协约国直接提供战勤服务的近十五万名华工的功劳，当然不容忽视。"所谓参战而实际有功，足为国家稍争体面者，厥为华工。"怎奈在各国报告战事贡献时，中国代表团却一时找不到参战华工的实际材料。为此，中国代表团急匆匆地找到了晏阳初本人。晏阳初深知兹事体大，马上着手搜集了华工们所得的奖品和奖状、当时的照片、关于战地伤亡的记载，以及华工们几次在英法军队危急之时冲上前线，助其打退德军而得到的大批铁十字章等物证和文图资料，并将其提供给了中国代表团。

蔡元培等人

这些实物和资料足以证明近十五万名华工为大战所做的艰苦卓绝的贡献，也使中国代表在巴黎和会上可以理直气壮地发言。众所周知，巴黎和会的结果是，其他协约国无视中国的合法权益及华工的巨大贡献，无理拒绝了中国代表团提出的一些正当要求。在举行和会期间，众多华工更是表现出了极高的爱国热情，并付诸实际行动。1919年6月27日，也就是在和约上签字的头一日，旅法华工万余人纷纷集议，向各专使请求拒绝签字。翌日，旅法华工集至三万余人，他们奔走呼告。同时，华工们还将专使的寓所包围，以致专使不能赴会签字。凡此种种，充分体现了华工们意识的觉醒和高涨的爱国精神，对中国代表团拒签合约产生了更为直接的推动作用。

中国有了说"不"的底气——拒签合约！这也为山东问题在华盛顿会议上的重新提出与解决提供了机会。

6. 长眠异国

贡献彪炳史册

"一战"期间华工们的巨大贡献，在"一战"结束后长达七十余年的时间内，没有得到应有的认可。"一战"期间华工参战的历史，也被曾经的各个战胜国不同程度地遗忘了。20世纪80年代以后，在滞法华工和法国华人社团的不断争取与努力下，法国开始转变对"一战"期间华工参战这段历史的态度，华工的地位与贡献逐步得到认可。法国政府对华工的评价逐步提高，这也引起了国内学者的关注，这段尘封多年的历史，渐渐被拂去了尘埃。进入 21 世纪，东西方社会对"一战"期间华工所做的贡献，终于给予了明确的肯定和应有的赞誉。

在"第一次世界大战"结束七十周年之际，在滞法华工和法国华人社团的不断呼吁和要求下，1988 年法国政府公布了有关华工的档案，并在里昂车站附近的毛里斯德尼街口广场镶建了一座华工纪念铜牌。当时主持仪式的法国邮电部部长基莱斯说："这是对遗忘的补偿。"时任巴黎市市长的希拉克致函华裔融入法国促进会，对华工做出如下评价："任何人都不会忘记这些远道而来的、在一场残酷的战争中与法国共命运的勇士，他们以自己的灵魂与肉体捍卫了法国的领土、理念和自由。"

时隔十年，在"一战"结束八十周年之际，法国政府又在巴黎十三区华人社区的博得里古公园内，为当年参战的华工立起了一块石碑。上面用中、法两种文字写道："纪念在第一次世界大战中为法国捐躯的中国劳工和战士。"

2002 年清明节，法国北部的诺莱特华工墓园第一次举行了大规模的公祭活动，隆重悼念"一战"期间为法英做出牺牲和巨大贡献的中国劳工。努瓦耶勒市市长雷托卡尔·米歇尔在公祭仪式上说，诺莱特华工墓园是"中法两国人民友好的象征"，"我们要借此机会表达对那些在第一次世界大战中为法国遇难的中国孩子们的敬意和感谢"。

公祭仪式上还宣读了时任法国总统希拉克、总理若斯潘的信件。希拉克表示，他要向用自己的生命为法国和人类理性原则的胜利做出贡献的华工致以崇高的敬意。"他们的勇气和精神令人钦佩，法国人民永远不会忘记他们。"法国总理若斯潘在信中则提到，华工远离祖国来到法国，与英国盟军一起保卫法国，捍卫法国的自由，表现出了极大的献身精神，自己向他们表示崇高的敬意。

2008年11月，法国再次举行了隆重的仪式、活动，缅怀在"第一次世界大战"中为法捐躯的华工。在活动中，法国政府国务秘书博克尔表示，当年的西方列强屈从于日本的压力，将德国战前在山东的一切特权转交给日本，这是不公正的，损害了中国的权益。这也是法国官方第一次对外承认"一战"后不公正地对待了中国。

除了法国，比利时的西部地区也是"一战"期间华工集中服役的地方。2010年4月至8月，位于比利时伊珀尔市的弗兰德斯战地博物馆，举办了"以铲代枪"华工与欧战特展。以各种实物、影像等，展示了"一战"期间华工为协约国做出的贡献。

2010年5月，弗兰德斯战地博物馆又联合法国滨海大学，共同举办了"一战"华工国际学术研讨会。会议期间，伊珀尔市还举行了Menin门华工纪念会，公开悼念那些没有墓碑的华工先烈。此外，波普林格市亦在此期间举行了华工纪念碑及雕塑的揭幕仪式。中国驻比利时使馆临时代办陈小明在致辞中表示：华工"用自己的血肉之躯铺下了中比友谊的基石，成为中比友好交往和比利时华人社会的先驱"。

（五）赴港从警声威壮

1. 招募港警

胡乐甫莅威招港警

1922 年，香港急需扩大警员队伍。香港警察总监胡乐甫，向香港总督司徒拔提交了到威海卫招募忠勇的新警察的方案。

胡乐甫多年前曾以招工代理的身份驻扎在山东芝罘，并在威海卫招募过劳工，对威海卫人各方面的素质极为赞赏。他以自己的经历及可靠的资料，论证了从威海卫招募新警员的可行性——威海卫人忠义敦厚，体格壮硕，在赴外劳务中、在"一战"时期的欧洲战场上都有着优秀的表现。

港督司徒拔同意从威海卫招募新警员，并要胡乐甫亲自带队去威海卫招募第一批新警员。同时商定，在威海卫完成新警员的考核培训，然后再让其赴港从警。因为威海卫有训练"中国军团"和"一战"赴欧劳工的营盘设施和经验，对新警员就地进行训练，可以节省一大笔财政支出。

1922 年春夏之交的一天，威海卫行政长官勃兰特等人站在爱德华商埠码头，迎接前来威海卫招募警察的香港警察总监胡乐甫一行。在这之前，勃兰特与胡乐甫频繁地进行书电往来。从整个威海卫招募赴港警察，不但能充实香港的警力，而且因英国租借威海卫的租期不确定，威海卫不定何时就会被中国收回，将威海卫的大量优秀青年招募到香港，对英国来说也有着更深远的意义。

招募赴港警察的会议随即召开，会议确定：招募对象为年龄在二十岁至二十五岁、身高不低于五尺六寸、身体强壮、品格优秀的威海卫男性；文化程度、婚姻状况暂不设限；新招募的合格警察到香港就职后，年薪不低于三百二十香港银圆；新警察在香港的任期为三年，期满后表现优秀者可继续聘用。

胡乐甫的主要随员布克助理督察，又就一些具体事宜做了详细的说明。在警察的招募、训练全过程中，他本人将驻守在威海卫。随后，威海卫行政长官署又召开了由威海卫二十六个区的总董参加的关于招募赴港警察工作的发动、启动会议。

为了深入了解实情、掌握第一手资料，胡乐甫几乎天天都在乡村奔波。他既不乘车，也不骑马，而是带着随员与向导徒步于乡间，与小区总董、村庄村董现场办公，解决所遇到的问题。他与一些适龄青年的家长、族长沟通，不厌其烦地向他们解释他们关心和担忧的具体问题，以释其忧虑。整个威海卫有一千多名适龄青年报了名，他们分期分批来到北大营，进行表格登记注册，以及参加目测、口试和体检等检测。可是领取了登记表格的青年中有很多并不识字，根本无法填写表格。七八个身着长袍、手提笔墨盒子的长者被请了来，他们是专为人书写诉状的"刀笔吏"。自从威海卫设立了天天开庭办案的新式法庭之后，打官司的人陡增，为人书写诉状的"刀笔吏"一职也应运而生。

经过目测、口试和体检等检测，最后入围的五十名青年集中进入了北大营，开始接受为期半年的封闭训练。他们接受的是严格的军事化训练：列队、行走、跑步、摸爬、滚打、擒拿、格斗、射击……一道道过关，一层层递进，一级级加码，而且每个科目都要进行严格的考核。别看这些经过严格筛选而入围的青年个个体格壮硕，猛地将他们全封闭起来，让其在哨声和口令的指挥下接受严格而又残酷的军事训练、考核，他们不但不习惯，而且有些吃不消。有人顶不住半途退却了，也有人在难度越来越大、条件越来越苛刻的各级考核中被淘汰了，这时预备队中的人员马上前移补位。

1923 年 3 月，首批在威海卫招募，并在威海卫经过了严格训练的五十名新警察，乘"贵州"号轮船出发赴港。

2. 威警初受阅

英姿震港岛

鲁（威）警英姿

1923 年 3 月 20 日清晨，香港维多利亚港薄雾弥漫，"贵州"号轮船汽笛长鸣，驶进了港湾。"贵州"号此次航程的起点是遥远的威海卫海湾，终点是香港的维多利亚港。此次航程非同寻常，为香港的警察史写下了新的篇章。

身着香港警服的新警察，迫不

及待地从各个舱门涌出，挤满了甲板，他们是从威海卫招募的第一批警察。历时半年余，历经层层筛选，这些威海青年才变成身着香港警服的新警员。

他们的参警情况大致可分为下列三种：第一种情况是五分之三的人愿意当香港警察，其家庭亦支持，他们顺风顺水地报考了香港警察；第二种情况是五分之一的人自身想当香港警察，但家人阻挠，历经折腾才挣脱羁绊，得以报考香港警察；第三种情况是五分之一的人由于各种顾忌、羁绊，不想或难以脱身到香港当警察，而经村董、亲友等人苦口婆心的规劝，才报考了香港警察。

片刻之后，他们便在码头上集合为整齐威风的四列小队。自1922年夏天他们入围后，便被集结在威海卫的北大营，接受严格的训练，正是如此，他们才成为现在的警员。

威风港行

领队在队伍前讲话，并下达了指令："你们是香港警队第一批自威海卫招募，并在威海卫经过了半年的严格训练，通过你们个人的努力达到了录取标准的警察。欢迎你们安全抵港！海上长途之旅大家辛苦了，今天白天休息，晚上香港警署总监将宴请你们！晚宴之后你们要好好休息，明天上午10时港督要检阅威海卫第一批入港的警察队伍，各位要抖起精神接受检阅！明天受阅之后，各位就要奔赴各自的岗位就任，祝各位在各自的警位上努力勤勉工作，尽快升职！"

1923 年 3 月 21 日，第一批自威海卫招募的新警察接受了香港总督司徒拔的检阅，新警员训练有素的威武英姿，让在场的所有人都赞叹不已。22 日，香港的《中国邮报》和《香港电讯报》等报纸，都对此事进行了报道。《香港电讯报》的报道如下："华警威海卫分遣队周二乘'贵州'号抵达。昨日总督阁下在内维尔上尉的陪同下在九龙对其进行检阅。新兵们身穿制服——卡其布衬衫和宽松短裤、打着绑腿、头戴阔边帽，一派飒爽英姿。他们携带步枪刺刀，大约五十人，士官五名。士兵们体格高大，他们是来自威海卫的第一批警察新兵，将驻守在新界的四个地方——凹头、青山、平洲、落马洲，被接替的三十一位印度警察将返回香港执勤。分遣队有三名随行译员。

"昨天在蓝烟囱货仓码头（Holt's Wharf）对面内森路街角处进行了列队检阅。新兵们的操练表演颇为出色。当时出席检阅仪式的有总督阁下，陪同人员有警察总监胡乐甫、伯林汉姆（Burlingham）和布斯（Booth）先生，总督察麦克唐纳（McDonald），警官肯特（Kent）、福克斯（Fox）和安格斯（Angus）及其他人。分遣队乐队由身着猩红紧身短上衣和蓝裤子的印度人组成。检阅完毕，士兵们向火车站进发，乘车奔赴岗位。"

3. 特警"冲锋队"

威警声名扬

早期赴港的威海卫警察，大多被派往新界边陲地区驻守。渐渐地，高大强壮、吃苦耐劳的威海卫警察受到警界的重视，

港警谷迅昭先生的思乡之作

一些重要的警位也逐步由威警值守。

1927年，香港警方成立了冲锋队，以应对突发骚乱、紧急事故、重大罪案、自然灾害等情况，以及承担押解犯人和街头巡逻等重要任务，这支队伍为当时警队最精锐之部队。威海卫警察以其过硬的素质和优异的表现，成为冲锋队警员的首选！至"第二次世界大战"爆发前，交通部、冲锋队的警员几乎全部为威海卫警察！香港的外籍人士对身材魁梧、品行端正的威海卫警察极有好感，所以担负欧洲人聚居区及重要商业区警务工作的，主要也为威海卫警察。甚而港督府、立法局、邮政局、公共饮水源等重要部门和要害公共设施，也首选威海卫警察担任警卫。

威海卫警察还一度承担了商船的护航重任,时称"护航勇"。海上贸易是香港经济的生命线,为防止海盗袭扰、打击海盗和保障香港海运的通畅,港英当局只得为往来商船保驾护航。早期,护航的任务主要由英军承担。至1930年,护航的任务便转由香港警方负责,警方组建了一支专门护航的警队,由一些大型轮船公司外聘警员,使其常驻商船,以防海盗抢掠。这支警队主要由印度籍警员和威海卫警察组成,威海卫警察主要负责护卫英籍商船。

　　威海卫警察凭着良好的身体素质、甘于吃苦的精神和勇于献身的无畏斗志,在重要岗位和特别警种中,做出了令香港各界称道的卓越贡献,堪称"港警威龙"! 20世纪50年代前后进入香港警界的威海籍警察,大多受过教育,其中不乏来自京津知名学堂的高中毕业生,不少人在警界脱颖而出。如原籍威海谷家疃的谷迅昭,在上海完成高中学业后,于1949年去了香港,1952年考入了香港的威海卫警察队。他自警校毕业后,因擅长绘画而在交通部发挥了重要作用。他参与设计并选定了香港的第一条斑马线,由他设计的交通车牌曾获英国专利,且沿用至今。1951年考入威海卫警察队的杨国威,则有"警队神枪手"之称,曾多次代表中国香港参加亚运会及奥运会的射击比赛,类似的出类拔萃的威海卫警察不胜枚举。

　　"二战"之前,威海卫警察虽为香港各重要部门的主要警员,却少有升迁的机会。祖籍威海南竹岛的姜仁毓和祖籍威海城里的柏华礼二人,则是少有的例外。原为威海卫租借地警察的姜仁毓,在威海卫时即被胡乐甫直接聘为香港警察,协助布克助理督察在威海卫负责香港警察的招募。1924年，他去香港警队供职，后成为威海卫警察中第一位擢升督察者。香港沦陷期间，姜仁毓不畏强暴，仍勉力维护治安，并出色地管理了威海卫警察队，受到了各界赞誉。柏华礼于1939年赴港从警，因为人仗义、工作出色，有着极高的声望，后成为当年香港警队最有实权的十二个总警长之一，也是其中唯一的威海人。

4. 威警二代小"迎信"

警界大作为

宋文福是威海温泉镇虎山村人，新婚不久的他因故到了香港，后经人介绍考入了香港威海卫警队。1936年农历十月十八，宋文福的妻子在虎山村生下了一个儿子，恰好当天邮差送来了宋文福自香港寄来的一封家书，宋文福的老爹高兴地说："这孩子的名字有了，就叫'迎信'吧！"

在香港警校经过半年的训练之后，宋文福成了一名合格的香港警察，被分配到了海上警队，成了一名"护航勇"，常年在太古轮船公司的"盛京"号轮船上担负押运工作。船上的五名"护航勇"全是威海人。

1949年，宋文福将老家的妻儿接到了香港定居，小迎信早已有了学名——宋修民。

那时，"盛京"号专跑中国香港—中国台湾航线。一次，"盛京"号自中国台湾返回中国香港时，宋文福等五位警察中竟少了一人，发生了"漏船"事件。所谓"漏船"，就是护航的警察已经事先在中国香港之外的国家或地区找到了更好的职业，利用护航之机留在那里不回来了。

"漏船"属严重事故，无论同行的警察知不知情，有没有直接责任，都会被处以最严厉的惩罚。海上警署做出了处置：对负责"盛京"号押运工作的其他四名警察全部予以辞退！

宋文福失去警职之后，在香港做起了茶叶生意，茶叶生意本来挺红火，不想却因故关张了。之后宋文福又成立了水产公司，投资捕捞船，进行深海渔业捕捞。因投资成本过高，捕捞效益不佳，公司濒临破产。

此时，长子宋修民（迎信）已进入香港知行中学读书，因家庭陷入经济危机，他不得不半工半读以继续学业。他偶尔到父亲公司的远海捕捞渔船上玩，不想他对船上电报室神奇的收报发报着了迷，便偷偷地自修起这个专业。

春节前当然是海鲜产品价格陡升且销售火爆的时段，宋文福拼尽最后的财力，重新雇来了远海捕捞船的船长和船员，他要做最后一搏，以挽救濒临倒闭的公司。可是，当远海捕捞船要启航时，船上的电报员却突发疾病不能出海了。急火攻心，宋文福竟一下子病倒了，被送进了医院。宋修民得知情况后，随口说道："我可以去船上顶替电报员。"

父亲根本不相信儿子会收报发报，宋修民说他不但会收报发报，而且还自己动手组装过发报机，收报发报对他来说已经是小菜一碟。宋文福喜极而泣，立马吩咐人去通知船长、船员。捕捞船即时启航，这次捕捞船在海上大获丰收。宋修民在船上又迷上了船舶驾驶。两年后，宋修民便考取了船长牌，而后竟然又考取了大船长牌——无限制吨位船长牌。

1962 年，香港警署公开招考海上消防队见习队长，宋修民报考了。在激烈的竞争角逐中，宋修民一路过关斩将，一举成功，被录用为香港海上消防队见习队长。1963 年 1 月，宋修民正式入伍香港海上消防队。自此，宋修民的职位一路高升。1970 年，晋升为海上消防队队长。1984 年，晋升为助理区长，即消防局局长。1992 年，晋升为高级消防区长，直接指挥海务和离岛区十四个消防局，以及海上消防船队的九艘消防船。

香港回归祖国前，按香港的惯例，每年英国女王的生日时，香港总督都会代表英国女王，向香港各界的精英授予勋章。多年来，宋修民每年都享此殊荣，被授予精英勋章。整个香港消防界，也唯有两人享此殊荣。

5. 威警二代姐妹花
英姿靓警坛

20 世纪 50 年代，威海籍警察王培贤的一对双胞胎女儿在警察宿舍长大成人。中学毕业后，她们一起考入了警队，成为名噪一时的姐妹警花，在香港警坛留下了一段佳话。

这对双胞胎姐妹警花，姐姐名为王春锦，妹妹名为王先伯。

父亲王培贤身为警察，不但自己毕生奉献，钟爱警察事业，而且着意要将子女培养成合格的警察。他的两个儿子考入警队之后，两个双胞胎女儿中学刚毕业，就报考了警队，结果二人双双被警队录取，成为名噪一时的双胞胎姐妹警花。

威海卫警察欢送同事退休（中排左五为香港和第四任特首梁振英之父梁忠恩）

其实，当年王家姐妹中学毕业时，恰好有航空公司到学校招募空姐，姐姐王春锦与妹妹王先伯双双被选中。那时空姐可是个既时髦风光又收入很高的职业，几乎是所有女孩子梦寐以求的职业。但最后两个女儿在父亲的劝说下，还是放弃了当空姐，报考了警队，并双双被警队录取。

王家姐妹入职警队后，先后任职于不同部门。报案室、交通部、公共关系科、重点搜查队等重要部门和岗位都留下了她们工作的身影。王春锦刚刚从警，便被派往西营盘警署驻守。工作没几天，王春锦就接到任务，到事故现场对女尸进行检查，并协助相关人员将尸体运走。当一具血肉模糊的女尸呈现在她面前时，还是令她禁不住浑身战栗。然而警察的职责在身，王春锦绝不允许自己退缩、逃避，她强迫自己投入工作，最终出色地完成了任务。

妹妹王先伯从警察学校毕业后，从员佐级警员做起，因各方面工作出色，后又完成了帮办警察训练课程进修，晋升为见习警察。

一次，一男子因失恋爬到了二十多层楼高的楼顶，想要跳楼自杀。几个男警到了楼顶，想接近要轻生的男子。可是，这个男子的情绪变得越发焦躁、激动，并威胁男警只要再靠近，自己便会跳楼。王先伯出场了，她用女性的温柔安抚着想要轻生的男子，身体一点点靠近，当男子的情绪稍有缓和时，她便乘其不备一个箭步上去，将其扑倒并抱住。后面的男警一拥而上，成功解救了想要轻生的男子。王先伯救人的英勇壮举，得到了指挥部的嘉奖，报纸也对其事迹进行了报道。王家姐妹警花渐渐地已不把警察工作当作谋生的手段，而是视为毕生为之奉献的维护法纪的神圣事业。她们在警队服役至退休，不但忠于职守，屡建奇功，为香港警队做出了不可磨灭的贡献，而且对女生报考警队也起到了极大的推动和榜样作用。

（六）抗日烽火

1. 红军游击队

转战昆嵛山

在全面抗战爆发前，中国北方有两支红军武装：一支是刘

61

志丹等人领导的中国工农红军陕甘游击队；而另一支则是由于得水率领的昆嵛山红军游击队。

1935年，"一一·四"胶东暴动失败，于得水带领残存的人马转移到昆嵛山中，成立了三十多人的红军游击队，以昆嵛山为根据地，同敌人展开了游击战。

昆嵛山位于文登、牟平、乳山三县交界处，山高谷深，层峦叠嶂，山中的"老蜂窝"岩洞为红军游击队提供了天然的隐蔽之处。红军战士们用脚蹬住洞边的藤蔓，然后攀上洞外的斜石板，再向北爬，双手抓住岩角，才能屈身钻进"老蜂窝"岩洞。洞口仅容一人通过，洞内左右渐宽，能容下十几个人。游击队队员们隐藏在此，渴了就喝山泉水，饿了就吃当地百姓送来的烙饼、地瓜干。为了避免暴露目标，游击队队员们每天只吃两顿饭，天明时吃过早饭进洞，黄昏后才出洞，回到山庵里吃晚饭。尽管如此，队员们还是很乐观，学习的间隙还会小声哼唱《中华民族危亡在眼前》和《大雪飘飘在天空》等歌曲。红军游击队之所以能据守昆嵛山进行武装斗争，是因为当地群众的大力支持。昆嵛山下的村民张元信是做面粉生意的，得知红军有困难后，张元信和兄弟张元刚便无偿地为"老蜂窝"山洞中的红军战士们送干粮，一送就是三个月，帮红军游击队渡过了难关。

不久，昆嵛山红军游击队与上级党组织取得了联系，于1936年4月在"老蜂窝"山洞举办了训练班。在训练班，红军游击队队员们主要学习中共中央印发的《俄罗斯革命的经验》和《中国工农红军游击队》等教材，并结合"一一·四"暴动和红军游击队的活动情况进行讨论。训练班举办到第二期时，被国民党反动派发现，敌人便开始"围剿"。敌人连续搜山，却连游击队的影子都没看见，在一无所获的敌人走出深山幽谷后，游击队便辗转于山里山外，四处袭击敌人。白天游击队队员们在山上"放石炮"，晚上则在山林四处点火，火焰冲天，搞得敌人日夜不得安宁。

1936年春天，战斗了一个寒冬的昆嵛山红军游击队终于有了主心骨——于得水与时任中共胶东临时特委书记的理琪见上了面。有了党组织的领导，昆嵛山红军游击队的活动更加积极了，目标更加明确了。在反"清剿"的同时，游击队经常主动袭击敌人。1936年6月，昆嵛山红军游击队夜袭昆嵛山东界石村联庄会，缴获长短枪二十多支。1937年，于得水又带领游击队智取了国民党的垒子盐务局。在斗争过程中，昆嵛山红军游击队与群众的联系也越来越密切。敌人准备"清山"，群众就及时把情报送到山里；游击队下山袭击敌人，群众就主动帮忙带路；游击队队员们遇险，群众总是帮忙掩护。依靠群众的支持，昆嵛山红军游击队在这里不畏艰险，愈战愈强。经过两年的奋斗，1937年12月24日，昆嵛山红军游击队挥师天福山，参加了天福山起义，参与组建了"山东人民抗日救国军第三军"，建立了我党领导的胶东第一支人民抗日武装。经过抗日战争和解放战争，这支队伍逐步发展成为中国人民解放军原第二十七军、三十一军、三十二军、四十一军四个军，涌现出了潍县团、济南第一团、济南第二团、塔山英雄团、白台山英雄团、塔山守备英雄团等诸多英雄集体，以及任常伦、刘奎基、程远茂等一大批全国著名的战斗英雄。

2. 天福山起义

创建"三军"

位于文登、荣成、威海三县交界处的天福山，面积不大，山也不高，原本只是个普通的小山，并不出名，但因为胶东抗日武装在这里发动了起义，也因为"山东人民抗日救国军第三军"在这里宣告成立，这里成了英雄之山、革命圣地。天福山在中国革命的历史上、在抗日战争的史册中、在胶东人民的心中，都有着极为重要的位置。

1937 年 12 月初，在烟台被捕、被关押在济南的理琪，经我党营救，回到了天福山下的沟于家村。理琪在中共胶东临时工委的基础上成立了第四届中共胶东特委，并出任书记，积极筹备起义。12 月 15 日晚，中共胶东特委召开了扩大会议，参加会议的有吕志恒、张修己、林一山、柳运光、宋澄、张修竹、王台、于得水等人。会议决定于 1937 年 12 月 24 日在天福山举行抗日武装起义，以昆嵛山红军游击队为骨干，组建"山东人民抗日救国军第三军"。

12 月 24 日，天还没亮，理琪便率特委领导同志登上了天福山。在玉皇庙里，大家周密地研究着天亮后起义的具体行动。天亮后，起义仪式正式开始了。理琪庄严地宣布"山东人民抗日救国军第三军"正式成立，并将山东人民抗日救国军第三军第一大队的军旗，郑重地授给了大队长于得水和政委宋澄。紧接着，于得水掏出手枪，向空中连发三枪。尽管起义队伍只有八十多人，但抗日革命斗争的烈火在这里燃烧了起来，胶东抗日的大旗自此高高飘扬。

天福山起义当天，林一山、于焕就抗日武装和统战工作发表了演说。最后决定让张修己、张修竹留在沟于家村负责联络工作；理琪、吕志恒、林一山等主要负责人继续发动群众，扩大武装；新成立的山东人民抗日救国军第三军第一大队由于得水、宋澄率领向西挺进，进行抗日宣传。

第二天，山东人民抗日救国军第三军第一大队就自天福山向西进行宣传。他们每到一个村镇，就张贴标语，散发宣传品，演唱抗战歌曲，召集群众开会，宣传党的抗日主张，不少青壮年积极报名参加"三军"。

12月30日，当队伍行至文登西部的岭上村时，突然遭到国民党文登县县长李毓英率领的五六百名军警的包围。我方虽然向敌方晓以民族大义，高呼爱国口号，但他们还是撕毁了"合作抗日"的协议，对山东人民抗日救国军第三军第一大队进行了疯狂的围捕。除大队长于得水率部分队员突围外，大队政委宋澄等二十九人被捕，被关进了文城监狱。面对敌人的审讯，宋澄、刘中华等人严厉谴责了敌人破坏抗战的罪行。后来，迫于舆论压力和起义队伍的壮大，李毓英不得不释放了大部分同志。不幸的是，中队长王洪和邢京昌、小队长隋清源三位同志被秘密杀害了。

天福山起义部队迅速发展壮大，为抗日战争和解放战争的胜利做出了突出的贡献，天福山起义是胶东地区具有代表性的起义。山东人民抗日救国军第三军与日军进行的雷神庙战役，打响了胶东抗日的第一枪。

天福山起义后，根据中共胶东特委的统一部署，威海、黄县、蓬莱、莱阳、牟平、荣成、即墨、福山、栖霞等县，也相继举行了十余次起义。随着山东人民抗日救国军第三军的西进，这些起义队伍纷纷被编入旗下。天福山起义遂成为胶东地区最具有代表性的起义，并被列为山东十大抗日武装起义之一。天福山起义后，以昆嵛山红军游击队为基础成立的山东人民抗日救国第三军，发展成为山东的抗战主力军。

3. 威海起义

威震敌胆

天福山起义后，中共胶东特委就开始研究如何在威海县城搞一次重大的活动，在这个国民党力量较为集中的地方点燃抗日的烽火，鼓动更多的人投身到抗日战争的激流之中。当时，国民党在威海存在四种力量：一是以国民党保安部队威海政训处总干事孙端夫为首的进步力量；二是以郝道遥为首的国民党海军教导队中的进步力量；三是以民先队队员孙玺岐和国民党威海专员孙玺凤为代表的进步力量，孙玺凤内心想抗战，但受投降派警察局局长郑维屏的控制和排挤，无法有所作为，一心只想离开威海；四是以警察局局长郑维屏为首的投降派。针对国民党的这四种力量，中共胶东特委认真分析后，决定依据统一战线的政策灵活对待。通过理琪、林一山、柳运光、于烺等人的耐心劝导，威海海军教导队表示中立；政训处大部分人员愿意参加抗日；孙玺凤同意了由我方帮他离开威海，他把仓库中的武器交给我方的合作协议。

1938 年 1 月 14 日，中共胶东特委的领导成员分头行动，通知参加起义的人员乘赶威海集之机，到达指定地点参加起义。中共胶东特委对起义人员做了细致的分工：由孙端夫组织政训处官兵二十多人负责戒备、待命；由张修己、张修竹等人组织二十多名党员和进步青年连夜赶到威海参加起义；由姜继盛带领羊亭等郊区的小学教师和农民参加起义；由袁时若通知在威海市区的民先队队员参加起义；由威海中学的学生车学藻组织二三十名学生待命行动。

1 月 15 日凌晨，参加起义的文登、威海方面的中共党员、威海民先队队员及部分学生、农民共一百多人，先后到曹凤山大车店集结。上午 9 点多钟，起义部队到管理公署集结。中共胶东特委书记理琪与孙玺凤做最后的谈判，孙玺凤对起义表示支持，愿意把公署仓库的一部分枪支交给起义部队。同时提出自己带着印鉴和公款取道香港，去武汉向国民党政府辞职。理琪当即表示道："专员在威海期间，我方保证安全；专员要走，我们护送出境。"

警察局局长郑维屏见势不妙，在市区的大街小巷布满了警察。下午 3 时，商会纠集了一伙暴徒，在公署大门口闹事，蛮横地叫嚷着，要孙玺凤把公署的枪支和仓库的钥匙交给他们。中共胶东特委马上采取了紧急措施，由袁时若等人组织参加起义的学生和农民将暴徒驱散。海军教导队的中队长郝道进和周军需官也带人赶来支援。孙玺凤指责郑维屏不维持社会治安，恣意暴徒聚众闹事，这是严重的失职，遂将其控制。有人提出枪毙郑维屏，孙玺凤没有同意，认为杀人要符合法定手续。当时郑维屏态度老实，毕恭毕敬，再加上专员夫人的竭力劝阻，最后，郑维屏被释放了。此时，起义人员已打开军火仓库，取出了近百支枪和军装、军毯等军用物资。在这紧急而严肃的时刻，理琪当即命令曹漫之向空中打了三枪，以示起义。随后，在公署附近的另一个院内，孙玺凤正集合部下和卫队的官兵开会，对他们进行了最后一次训话。训话结束时，他高喊："打倒日本帝国主义！"

16日清晨，起义的队伍在专员官邸前召开了大会，孙明光主持了会议，在开会前他领导大家唱了救亡进行曲。接着，理琪讲话。他指出："我们是一支抗日的队伍，要联合一切抗日的力量，打鬼子，保家乡，我们要到农村去，发动民众，组织民众，武装保卫家乡，保卫胶东！"并要求大家提高警惕，防止反动分子破坏和捣乱。最后，理琪号召起义人员要在中国共产党的领导下，和全国人民一道夺取抗战的最后胜利。

16日下午3时，起义部队护送孙玺凤一行来到码头，孙玺凤同孙明光登上了开往中国香港的英国"太古轮"。下午4时30分，起义部队一百多人带着两大车军用物资，在威海起义部队临时大队长吕志恒的率领下，向文登沟于家村进发。17日，起义部队到达沟于家村。威海起义取得了圆满的成功。

威海起义能够成功，最关键的原因是正确地开展了统一战线工作，这是中国共产党抗日民族统一战线政策在威海的重大胜利。威海起义也是中国共产党发动的一次有组织、有计划的独立起义。此次起义的成功,提高了中国共产党在胶东的声威,打击了国民党顽固派的反动气焰,激发了胶东人民的抗日热情,对"三军"的迅速发展和胶东抗日根据地的建立与巩固都具有重要意义。

4. 东海抗日根据地

海隅筑堡垒

抗日战争时期,胶东行政区共分为东海、南海、北海、西海四个专区,而当时的东海地区包括现今的威海市与牟平、海阳两地。抗日的烽火在胶东半岛熊熊燃起,给了日本侵略者以沉重的打击。

在1940年之前,日寇在东海地区仅占领了威海卫,其他地方仍为国民党的地方政府统治。1940年1月,日军开始在胶东自西向东发起大规模的"扫荡",国民党各部相继溃败,日军顺利地占据了荣成与文登。在此紧要关头,中共东海地委发动了第二次武装起义,建立了"山东人民抗日救国军第九军"。同年9月,东海临时参议会和东海行政专员公署前后在文登县宣告成立。这标示着东海地区建立了中共统一领导的抗日民主政权,建立了以昆嵛山为中心的东海抗日民主根据地。而荣成、文登等地的抗日民主政权及乡村两级的抗日政权也相继建立了起来。由此,中国共产党领导的抗日根据地建立了健全的行政领导体系。

1941 年，国民党顽固派制造了震惊中外的"皖南事变"，掀起了第二次反共高潮。在胶东地区，赵保原、蔡晋康等顽固分子与日寇狼狈为奸，多次对八路军山东纵队第五支队发起军事行动，向东海抗日根据地大举进攻。根据山东分局与山东纵队的指示精神，胶东军民于 1941 年 3 月 15 日发起了反投降战役。由许世友任指挥、林浩任政委的临时指挥部，指挥八路军第一一五师第五旅和山东纵队第五支队东西对进，收复牙山地区后，又挥师南下海阳，歼灭了国民党顽固派一万余人，把大小十几支顽军赶出了胶东腹地，打通了胶东东西两区。

　　1942 年 7 月，胶东军区成立，许世友任司令员，胶东区党委书记林浩兼任政委。同年冬季，在冈村宁次的亲自指挥下，日伪军两万余人，配备十架飞机与二十六艘军舰，对胶东抗日根据地发起了规模空前的大"扫荡"，制造了"马石山惨案"。胶东军民在四十多天的反"扫荡"中，采取了"保存有生力量，保卫根据地，分散活动，分区坚持"的方针。主力部队跳出敌人的包围圈，不断从侧面打击敌人，群众则采取坚壁清野的对策，以"三空"对付敌人的"三光"。胶东军民共歼敌两千余人，救出被日军包围在马石山上的群众两千余人，粉碎了日寇对胶东抗日根据地的疯狂"扫荡"。

　　此后，日军对东海抗日民主根据地采取了"蚕食"策略，而东海军民以主力部队与地方武装相配合，"敌进我进，敌不进我不进"的方针应对，积极开展群众性的反"蚕食"斗争，保卫和巩固了东海抗日民主根据地，也为 1944 年开始的局部反攻提供了保障。东海各县抗日政权建立后，由于日寇的不断

"扫荡"与封锁，根据地的经济出现了极大的困难。为了坚持抗战，各县都开展了减租减息运动，实行"二五减租，分半减息"的政策，并积极开展生产运动，重点发展农业，解决粮食自给问题，为反攻做好物质准备。

1944 年 8 月，为加强胶东行政区东海、北海、西海、南海四个根据地的联系，胶东军区开展了大规模的秋季攻势。到 9 月下旬，在四十多天的时间里，歼敌五千余人，攻克敌人据点一百三十处，使四个根据地完全连成了一片，光复了文登、荣成（石岛、龙须岛除外）。1945 年 8 月，东海抗日民主根据地的军民展开了大反攻，于 8 月 29 日解放了威海全境。

5."马石山惨案"

日寇野蛮的屠杀

1942 年 11 月，日伪军一万五千余人对胶东抗日根据地进行了空前规模的"拉网"式大"扫荡"。11 月 21 日，五千多名日伪军合围马石山，胶东行署公安局警卫连三排与两千多名群众被围困。抗日战士、民兵及地方工作人员同日伪军顽强战斗，掩护群众突围。至 24 日夜，大部分人员突围成功，五百余名抗日军民遭到日伪军凶残的屠戮。

马石山位于山东省乳山县马石店乡境内，绵亘在乳山、海阳、栖霞、牟平四县交界处，主峰海拔达 467 米，地势峻险，是八路军胶东抗日根据地的中心地区。1942 年 11 月，侵华日军华北派遣军总司令冈村宁次从北平飞往烟台，集结青岛、烟台等地的日伪军两万余人，对胶东抗日根据地中心地区展开了一场空前的"拉网"式大"扫荡"。

1942年11月17日，日伪军一万三千余人由青岛、高密等地分乘数百辆汽车，沿烟青公路和烟潍公路向莱阳、栖霞、福山等地驶去。11月21日，蛰伏在莱阳、栖霞、福山的日军全部出动，与伪军赵保原、秦毓堂部配合，兵分几路，扑向月牙山、马石山抗日根据地。在飞机、军舰的配合下，日伪军组成密集的队形，每天以一二十公里的速度，从四面八方"拉网合围"，妄图消灭中国共产党领导的八路军抗日队伍，彻底摧毁胶东抗日根据地。白天，敌人采取"梳篦式"战术，无山不搜，无村不梳，甚至连荒庵、野庙及小土地庙都不放过。晚上，日伪军在野地宿营，在各条要道、山口拉起铁蒺藜，挂上铃铛，还每隔三五十米燃起一堆火，以防抗日根据地的军民突围。

至11月23日，日军将方圆四十余公里的马石山团团围住。被包围在山里的群众约有两千人，还有部分未来得及转移的地方干部、伤病员及与队伍失去联系的八路军战士。为了粉碎敌人的大"扫荡"，援救被围军民，中共胶东军区指示八路军各部化整为零，分区活动，同敌人战斗。经过八路军官兵的往返冲杀、艰苦营救，被围群众大部分安全转移。为此，八路军队伍中的许多优秀战士壮烈牺牲。

凶残的日军每到一个村庄，便实行残酷的"三光"政策。凡抓到人，不分军民，全部杀死；遇到民舍，随手点火，使其付之一炬。同时，利用飞机对马石山进行狂轰滥炸。

11月24日拂晓，日军在飞机的配合下，开始从四面八方搜山，步步紧逼马石山主峰。在金斗顶采石坑内，日军发现我同胞六十多人，便强迫他们一个个走上来，先迫使其躺在地上，解开衣服，然后坐在他们头上用刺刀刺，直至将其杀死。就这样，日军一连杀死了五十多人。石坑里剩下的十余人，目睹同胞被杀的惨状后，有的冲上去同日军搏斗而死，有的从悬崖上滚了下去。

灭绝人性的日寇以屠杀中国人为乐，其手段之残忍，令人发指。招民庄七十多岁的老人许德玉被日军用草苫卷了起来，下肢被点上火，火一直烧到头顶，日军谓之"烧草人"。西山上一孕妇被剥光了衣服，然后被日军从悬崖上摔了下去，日军称为"摔西瓜"。在金斗顶采石坑外，日军将我同胞九人用绳子捆成一排，开枪射击，当场死亡七人，日军谓之"打活靶子"。更令人发指的是，日军用刺刀剖开我同胞的胸腹，挑出五脏；用刀把小孩活活劈成两半；把妇女的衣裤剥光，割去乳房，往阴部插木棒……种种暴行，惨绝人寰。

在这次惨案中，日寇共残杀马石山军民五百零三人，其中绝大多数是手无寸铁的无辜群众。1943 年 1 月 25 日，胶东区行政主任公署在马石山南坡立起了纪念碑，以纪念殉难的军民。1970 年 10 月，乳山县人民政府在马石山修建了烈士陵园，以期子孙后代永远记住这段悲惨的历史。

二

人物春秋

穿越历史的长廊，在威海这片神奇的土地上，世世代代涌现出了许许多多可以载入史册的著名人物。他们或以自己的卓越功绩彪炳史册，或以其璀璨之著述为我们留下了宝贵的精神财富。

"全真七子"在昆嵛山与铁槎山一带，不仅留下了修炼的足印，也留下了许多动人的传说；徐士林与丛兰两位古代显官，其功业不但得到了当朝皇帝的嘉勉，也赢得了故乡百姓的赞誉；理琪、于得水等人，则是胶东最早反抗日寇侵略的英雄，是天福山起义的发动者、参与者、领导者，是人们永远铭刻在心中的英雄；于云亭在艰难的条件下创办了"红色学校"，为中国革命培养了大批人才；抗战老兵张玉华从充满硝烟的战场走来，百岁时还在天安门前的阅兵式上向祖国敬礼，令国人敬佩；"两弹一星"功勋郭永怀为国防事业献身的事迹，激励着新时代的青年建功报国。

（一）历史人物

1. 圆仁入唐

历尽劫波心向佛

唐开成三年（838）六月，赤山浦附近的海域上驶来一艘载有日本遣唐使的航船。

与其说驶来，倒不如说随海流漂来——船上桅杆折损，船体触礁破损，勉强举帆借风，随海潮漂流而来。陆地的轮廓在前方显现，渐渐辨得出岸边的山石呈橘红色——这种色泽的花岗岩为当地所独有，即现今著名的"石岛红"。

虽然海岸越来越近，但船上的人仍惊魂未定，唯独一僧人沉静安详，合掌抵胸，闭目祈祷，他就是后来法名显赫的日本圆仁大和尚！圆仁早已发下宏愿——赴大唐求法！历尽劫波的帆船终于挣扎着驶入了赤山浦港湾，山上那座寺院在午后阳光的照耀下越发辉煌。圆仁沿山路拾级而上，莲花盛开，钟鼓声响，菩萨垂目微笑，圆仁的眼睛里溢出了泪水。

圆仁在法华院吃斋，礼佛，求法。次年春天，他由赤山法华院启程，辗转经昆嵛山，西上五台山求法。

公元845年5月15日，圆仁离开长安，到达扬州，又北上，经楚州、海州（今江苏连云港）、密州（今山东诸城）、登州，于8月27日再次回到赤山浦。当时，正赶上唐武宗灭佛，法华院已被夷为平地，圆仁只得借住在寺院田庄。

公元847年3月2日，圆仁再次南下，沿海寻找归国船只，但屡屡受挫。之后听闻乳山浦有新罗商人金珍的船只，复又北上。他终于在乳山浦联系上了新罗商人金珍，后又到赤山附近泊船，接受其水粮馈赠。9月2日，他从赤山浦起程回国。

圆仁著的《入唐求法巡礼行记》详细记录了自己在大唐历时九年多求法的过程，被誉为"东洋学界至宝"。它与玄奘著的《大唐西域记》、马可·波罗著的《马可·波罗游记》并称为"三部伟大的东方旅行记"，在佛教传播史上也起到了重要作用。

圆仁和尚在大唐境内经历了"会昌法难"，与大唐众僧侣一起承受了灾难，又目睹了法华院被毁。最后，他终于携经书法器归国。

圆仁大和尚圆寂后，被日本天皇赐予"慈觉大师"的谥号，其弟子为纪念他与法华院的缘分，在京都附近也建了一座赤山禅院。赤山法华院连接了大唐、新罗、日本三国的佛缘，这在世界文化史上和宗教史上都罕有其匹。

2. "铁脚仙"王玉阳

铁槎山修真功

道教全真派的创始人王重阳无疑是极为罕见的人才，对全真教的传播和发展做出了卓著的贡献。他在短短的时间内，发现并培养了七位弟子，这七位弟子被誉为"全真七子"。道教全真派在这一带发扬光大，影响了大江南北。"全真七子"个个本领非凡，其中最著名的要数丘处机与王处一。

王处一，字玉阳，号玉阳子，后来的人们多称其为"王玉阳"。公元1142年，王玉阳出生于今乳山东胜乡的一个小村庄里。相传王玉阳的母亲周氏在生下这个儿子之前，梦见红霞绕身，醒后孩子就出生了。

王玉阳在七岁那年，有一天突然跌倒在地，昏迷不醒，似已死去。他的母亲大惊失色，悲痛不已。可不一会儿，王玉阳又醒了过来。只说是大睡了一觉，而不知其他。但自那以后，人们发现这个孩子变了，变得有点儿敏感。他对人生的根本问题——生与死，有了独到的感悟。

在王玉阳十几岁时的一天，他独自在昆嵛山上行走，路上遇到一位仙风道骨的老翁。老翁叫他上前，认真地看了看他的面相，又用手摸了摸他的头，然后说："你将来必定名扬四海，成为一代教宗。"老翁说罢，拄杖而去。他紧跟不舍，上前追问道："老人家，您是何人呀？"那老翁说："我是玄庭宫主。"可待王玉阳再细看时，却不见老翁的踪影。自那以后，王玉阳的行为举止更为癫狂，整日赤脚行走，冬天着单衣也丝毫不觉寒冷，平时总说一些大家听不懂的话语，乡亲们都说他得了"失心病"。当时，人们常听见他唱自己创作的一首歌："争甚名，竞甚利，不如闻早修心地，自家修证自前程，自家不作为群利。"大家侧目而视，表情异样，他也不为所动。

待王玉阳二十岁时，同村的同龄人早已娶妻生子，有媒人上门提亲，他却笑而不应。一个心游太玄的人，全部心思都在大道之上，对俗世的事不会过多考虑。但自小丧父的他对母亲却格外孝顺，好在他的母亲完全理解儿子的所作所为。

金世宗大定八年（1168），时年二十六岁的王玉阳终于迎来了他人生中的重要转折点。这一年，他在遇仙亭遇到了王重阳。王重阳当时已名动天下，当他得知王玉阳是玄门中人时，便答应了他拜师的请求，并带他去烟霞洞授予名号。王玉阳的母亲周氏也愿随王重阳学道，王重阳即赐名"德清"，号"玄靖散人"。所以，当时跟随王重阳学道的女性，不仅有孙不二，还有王玉阳之母周氏。这位老太太修行很高，活到了九十多岁。

在王玉阳拜师后的第二年（1169）春天，他遵照王重阳的指令，独自到位于今荣成的铁槎山开辟了新的道场。他隐居在云光洞中进行修炼，又常常健步如飞地穿行于九顶铁槎山周边各处，"常临危崖，翘足驻立，不移者数日"，人们都称他为"铁脚仙人"。铁槎山面向大海，人烟稀少，生活环境异常艰难。王玉阳在这里主要靠采食山菜野果度日。他在《踏云行·咏铁查山石芝》中写道："四海云膏，三山灵秀，采芝须要忘形友。充饥济渴养琼苗，添神益算光明透……"

站在九顶铁槎山上，遥望着南面波涛翻涌的大海，苦心修行的王玉阳满怀豪情，在诗中豪迈地写道："日月精华结瑞苗，玄光真气内含包。能滋五脏生金液，暗补全身肌骨牢。"

在铁槎山的九年里，他隐身于云光洞静心修炼，不为外界烦事所扰。他洞居九年，心地开阔。邱处机称王玉阳"九夏迎阳立，三冬抱雪眠"，并赠诗道："故国真仙子，东方大达人。清高何异俗，爽迈不同尘。表理天俱赐，行藏世绝伦。"

王重阳要离开文登远行时，王玉阳前往昆嵛山下送行。王重阳临行前赠诗云："修行事理记叮咛，只要心中静里明。眼界不生龙自住，鼻门无闲虎常停，舌根退味心神爽，耳内除声肾水清，南北混融归一处，东西交媾灭三彭，金木厮权盘桓住，婴姹相随自在行，结作金丹出顶上，五光射透彩云棚。"王玉阳谦恭拜受，深谢师恩。老师走后，王玉阳又回到铁槎山修行，前后在那里长达九年，将全真教带到了胶东半岛最东端的荣成。

3. "帝师"徐士林

御封"一代完人"

徐士林（1684—1741），字式儒，号雨峰，晚号岜山老人，文登徐家村人。清康熙五十年（1711）中举，五十二年（1713）登二甲进士，雍正二年（1724）迁任刑部主事……徐士林一生担任过诸多官职，也曾做过乾隆皇帝的老师。乾隆六年（1741），徐士林病逝，终年五十七岁，祀于京师贤良祠。徐士林的为官之道、为人品格，堪为古代威海籍官员的典范。

徐士林有一首脍炙人口的诗，这首诗也是他为官的写照："乾坤岂是无情物？民社还依至性人。不有一腔真热血，庙堂未许说经纶。但使无颜皆可富，若非有骨岂能贫！双睛不染金银气，才是英雄一辈人。"

有史料记载，在安庆知府任上，徐士林常常废寝忘食地处理公务。一次，他因听讼耽误了用餐，有人便拿来了几个粽子和一碟红糖为其充饥。徐士林边批阅案宗边吃粽子，竟误将朱砂当红糖蘸了，染得胡须尽为红色，一时传为笑谈。他经常微服私访，体察民间疾苦，兴利除弊，打击豪强，因此深得百姓拥戴，被誉为"徐青天"。他秉性耿直，为官清正廉洁。徐士林历康、雍、乾三朝，三十余年"清勤敬慎"，堪为师表。《文登县志》中记载："立身端方，历宦途不为干谒。其任京师，非公务未遂与公卿接比；为道府与督蕃枲交，未尝一馈送，其守身之严谨可知也。"

乾隆时期有个惯例，每逢年节，各地封疆大吏都要挑选地方特产给皇帝进贡。虽然徐士林对此颇有微词，但这毕竟是朝廷惯例，不好公开反对。他任江苏巡抚时，按惯例自然也要给朝廷进贡。怎么办呢？徐士林陷入了两难的境地，最后，他终于想出了两全之策。腊月三十那天，乾隆皇帝携文武百官来到了保和殿，观赏各地送来的贡品。将那些贡品浏览了一遍之后，乾隆皇帝怏怏不快，冲负责收受和管理贡品的总管问道："江苏徐士林送来何物？朕怎么没看见？"

大总管确实收到了江苏徐士林派人送来的几个贡品盒子，但盒子里竟是装裱的几册书籍。这位总管素来敬重徐士林的人品，他不想让这样的好官因寒酸的贡品而栽跟头，只好将徐士林呈送的这几盒书放在了那些奇珍异宝之后。现在皇上追问起来，他只好将放在那些奇珍异宝后面的几盒书拿来，呈到了皇帝的面前。

这几本书是徐士林呕心沥血写下的治国用人的建议——《典谟要义》。盒子里还有徐士林为自己这份独特的贡礼写的一篇疏。乾隆皇帝面无表情地翻了翻那几本书，又取出徐士林的贺年奏疏，逐字逐句地看了起来。

徐士林的贺年奏疏大意为："蒙皇上天恩，对臣破格擢升……恭逢新年，臣理当进贡方物。但臣一身之外，寸丝粒粟都是皇上所赐、黎民供给，臣实在拿不出什么奇珍异宝贡奉皇上，唯献上炯炯臣心，愿皇上像唐尧虞舜一样治理天下。臣自幼学《尚书》，谨择《典谟要义》，写成数卷心得体会，具裱缮册，适逢新年拜呈……"

看罢奏疏，乾隆皇帝龙颜大悦，大叫一声："拿笔来！"有人急忙取来文房四宝，乾隆挥笔写下"赠人以物，不如赠人以言也"，以朱批回赠了徐士林。

乾隆皇帝给徐士林的赠言题词不少，徐士林唯独对这条特别珍爱，总随身携带。据传，后来徐士林将这道御批传给了做知县的儿子徐朝亮。徐朝亮将其视如护身符一般，随身携带，以警示自己拒绝收受礼品。

徐士林还是一个孝子。因老母常年有病，他在任期间曾多次上疏，要求解职归乡敬养老母。他在《乞解职养亲疏》中说："臣自前岁陛见，蒙皇上谕以臣子大义，跪聆之下，感奋交集。自念臣母年老多病，所以弟侄妻子俱留侍母，臣子身官署，虽不敢居移孝作忠之名，实自矢以身报国之志。"为使地方"政务不致废弛"，遂请求"另简贤能接任，容臣归乡事奉老母"。

乾隆皇帝的回复也很有人情味，他批道："已遣太医前往诊视。本应照所请行，但此任甚重，一时实难得人。汝可念朕用人苦衷，为朕勉强办理，加意调摄，以期速痊，以慰朕望。"

徐士林为官最为人称道的，还是他的清正廉洁、两袖清风。

每到一地为官，徐士林从不以任何手段为个人聚敛财富，离任时只取当地的几块石头作为纪念。故乡感其功德，为他建了祠堂。把他在各地为官时带回的这些石头镶嵌在了祠堂的地上，称其为"廉石"。

清乾隆六年（1741），积劳成疾的徐士林病逝于任上。乾隆皇帝闻之悲痛不已，谕祭其为"一代完人、千秋典范"，赐金井玉葬，并下诏破例将其祀于京师贤良祠，与开国元勋和辅佐重臣并列。由此，可见乾隆皇帝对其评价之高，亦可见乾隆皇帝对其厚爱有加。据清史记载，清代地方官员入京城贤良祠者仅有两人，而徐士林则为第一人。

4. 工部尚书丛兰

赢得生前身后名

丛兰，字廷秀，号丰山，文登县城关人。官至明朝南京工部尚书，去世后赠柱国太子少保。

明景泰七年（1456）的一天上午，晴好的天突然下起了雷雨，文登县城关村丛春的妻子生下了一个男孩。令人惊奇的是，这个男婴出生时竟有异香充溢屋堂。丛春虽是农夫，不通文墨，但却天资聪颖。满屋异香恰如兰花之芬芳，丛春觉得这是吉瑞，便随口说道："咱这个儿子带着香气出生，那就叫他丛兰吧。"更奇怪的是，这个孩子出生之后，雷雨骤停，阳光瞬间洒满大地，丛春认为这又是个吉兆，莫非这个孩子将来能有大出息？丛春迫不及待地找出一柄木剑，急忙从院子里出来，想要按照当地风俗将这柄木剑挂在大门上方的左门簪上，以期丛兰将来可以拜将封侯。

不想刚打开院门，却发现两个身穿官服的人正在门下避雨，一把真正的宝剑早已挂在大门上方的左门簪上了。

原来这两位官员一个是文登营的把总，一个是文登县的知县。他们出来公干路过此处，因雷雨而在此避雨暂歇，那把总随手将身上的佩剑挂在了大门上方的左门簪上。这时，忽闻院内有新生儿的啼哭声，两人便断定这家有婴儿刚刚出生。他们看看挂在门簪上的那柄宝剑，会心地笑了。

这时候看到丛春拿着一柄木剑喜形于色地出来了，二人心中就明白了。一问，果然是丛春刚刚喜得贵子，要将手中的木剑挂在左门簪上，以期儿子将来能拜将封侯。知县开玩笑地说："你这儿子福分可不浅啊，他刚出生，我们两个朝廷命官就在为他把门护院。"

丛春吓得不知说什么才好，再看看挂在左门簪上的那柄真正的宝剑，更是不知所措。那位文登营的把总，指指丛春手中的木剑，又指指挂在左门簪上的自己的佩剑，冲丛春笑道："你这儿子的确福气不小啊，我的佩剑已挂在左门簪上了，这孩子将来必成大器。我们是否可以看看这个孩子？"当地有个说法，生了儿子后要将剑挂在左门簪上，以期将来孩子有大出息、当大官儿，而把总的那柄剑恰巧就挂在了左门簪上。

丛春深感惊喜，赶忙说道："两位老爷如不嫌弃我家脏乱，就请进屋看看吧。"于是，他将二人领进了屋。

两位官员来到正间，丛春到东间向正在喂奶的妻子说明了情况后，便将刚出生的小丛兰抱了出来。两位官员仔细打量着这个孩子，见其眉清目秀，面相不凡，便连声称赞道："这孩子果然相貌不凡，将来定能有大出息，怕是最小也能当个九品官。"

丛春的妻子听两位官员说自己的儿子将来能当个九品官，很是开心，连忙说道："两位老爷，借你们的吉言，俺这儿子别说是当个九品大官，他将来要是能当个一品官，俺也不嫌小。"两位官员听了又吃惊，又觉得好笑。

转眼六七年过去了，丛兰到了读书的年龄，可家里却没钱供他读书。丛兰偏偏喜欢念书，看到别人家的孩子上私塾，他就偷偷在窗外听。有一天，他偷听时被先生看到了，先生便好奇地问丛兰听到了些什么，让先生惊喜的是，这个偷听的孩子学到的比里面的学子学到的一点儿也不少。于是，先生就找到丛兰的父亲，商量着让丛兰来私塾读书。丛春羞愧地说："让孩子读书倒是件好事，可家里实在是供不起呀。"先生说："你只管让丛兰来读书吧，我免费收了这个学生。"

丛兰天性聪颖，过目成诵，先生感觉到他不是一般的孩子，便把很多书都借给他读，对他格外关照，精心培育。私塾里的老先生姓刘，名叫刘鉴，是一个饱学多识的老先生，人称"刘老夫子"。后来，丛兰考中了进士，当了大官，老师刘鉴也上了年纪，丛兰就把他奉养起来，以报答老师的教育栽培之恩。

丛兰小的时候，他的父母在农闲时做豆腐卖。有一年快过年了，家家户户都请人写了对联。丛春想让十岁的丛兰写副门联，就对丛兰说："丛兰，你今年都十岁了，也念了好几年书了，能不能写个对子贴在门上，咱过年也热闹热闹？"丛兰不假思索地说："这有何难？"他眼珠一转，挥笔写了起来。上联是"出门敲三梆"，下联是"天下第一家"，横批为"先斩后奏"。

丛春不通文墨，只觉得十岁的儿子竟能出口成章，毛笔字写得也好看，跟那些老先生写得差不多，便喜滋滋地将对联贴在了院门上。

衙役发现了丛春家大门上的对联，惊诧不已，便立马向县令报告。县令听闻竟有普通人家贴出了那样的对联，比衙役还惊骇，立马说道："这家人好大的胆子，竟敢贴出这样的门联！立马将家主给本县传来！"

看到衙役来传自己，丛春顿时吓坏了，可自己并没犯法呀！衙役不由分说地押着丛春便来到了县衙。听了县令的喝问，丛春才明白原来是儿子丛兰写的那副门联惹了祸，他慌忙战战兢兢地央求道："老爷，俺也不识几个字，那门联是俺那十岁的小儿写的，他还小，不懂事，请县太爷恕罪。"

一个十岁的孩子能写出那样的门联？县令越发怀疑了，便让丛春回家将十岁的儿子丛兰带来盘查。丛兰告诉父亲不要害怕，他自会应对县太爷，保管平安无事。果然，丛兰见了县太爷面无惧色，理直气壮地说明了何以写下那副门联："俺家是卖豆腐的，俺爹要到处敲木梆叫卖，梆梆梆，梆梆梆，所以写了'出门敲三梆'；俺爹和俺娘为做豆腐，每天晚上睡得最晚，早晨起得又最早，所以称'天下第一家'。"县令略有所悟，又问："为什么横批是'先斩后奏'？"丛兰从容地回答道："这

'先斩后奏'，不就是做豆腐的过程吗？做豆腐不是得先用卤水斩一斩再奏（做）成豆腐吗？这不就是'先斩后奏'吗？"县令一时语塞，竟不知如何作答。

在文登方言中，"做"被称为"奏"。做豆腐所用的卤水，是晒盐时结晶前的盐水，文登人称其为"盐斩子"，必须先用"盐斩子"将豆浆斩了，才能奏（做）出豆腐来。

丛兰的一番说明，令县太爷哑口无言，只得暗自惊叹这孩子非同一般，将来怕是真会成为握有生杀大权、具有先斩后奏特权的朝廷重臣。

丛兰生来聪明异常，学习刻苦，历经数十载的寒窗苦读，最终学业有成，于明成化癸卯年（1483）入省城参加乡试，一举考中了举人，时年二十七岁。次年，又远赴京城参加会试，不料竟名落孙山，无缘金榜。

丛兰性格倔强，胸有大志，会试的失利并没有令他神情沮丧、心灰意冷，反而使他愈加发奋读书。功夫不负有心人，弘治三年（1490），丛兰再次赶赴京城参加会试，终于如愿以偿，荣登进士榜，高中三甲第三十八名，时年三十四岁。从此他步入仕途，开始了三十余年的为官生涯。

丛兰为官多年，功勋卓著，深受皇帝器重，被委以在南京辅佐皇子的重任。天有不测风云，不料有人告发皇子要谋反，身为辅佐皇子的重臣，丛兰自然难逃干系。皇帝下了金牌令，命丛兰押解皇子到京都大理寺受审。丛兰接到圣旨后，心里犯了难。皇子是遵纪守法的人，这显然是有人诬告。如果自己按旨将皇子捆绑押送至京城，岂不得罪了皇子？如不捆绑其至京，岂不又授人以皇子同谋之柄？丛兰终于想出了两全之法，他将皇帝赐给他的象牙笏板让皇子背手拿着，使其看上去和绑手一样，一路上他对皇子倍加关照。到了京城，经审

威海老虎山丛氏大宗祠

查，所谓"谋反"纯属诬陷，皇子又平安返回了南京。皇子感念丛兰的忠诚信义，就请封丛兰为南京工部尚书。

长期的官宦生涯使丛兰感到心力交瘁，加上人至晚年思乡心切，他便申请退休，告老还乡。丛兰三次上疏，皇帝都没有批准。嘉靖元年（1522）的冬天，反臣王宁叛乱，朝廷命丛兰领兵平复。平叛结束后，丛兰又屡屡上疏归退，皇帝"察其诚，乃允休"。为了奖励功臣，丛兰归休时，嘉靖皇帝特命沿途驿站程程迎送，并安排四名轿夫作为常侍。为彰显皇帝"优抚老臣"之德，地方士绅将丛兰所居的堂院取名为"优老堂"。

尽管皇帝优待有加，地方官员敬重推崇，但连年的国事烦扰仍使丛兰积劳成疾，一病不起。嘉靖二年（1523），丛兰于文登老家谢世。

丛兰从政三十余年，清正廉明，可谓是"赢得生前身后名"。

5. 武家宫宝田

一代武术宗师

"念念不忘，必有回响。"这是由王家卫执导、由梁朝伟和章子怡等人主演的功夫电影《一代宗师》里的一句经典台词。这部电影介绍了民国期间多个武术门派宗师级的人物，其中宫羽田的原型就是清朝的大内高手宫宝田。这位响当当的武术高手就是威海乳山县崖子镇青山村人。

宫宝田一生充满传奇，誉满海内外。据传，他是八卦游身连环掌的第二代传人；是清末四品带刀侍卫，光绪皇帝钦赐"黄马褂"；曾任东三省巡阅使兼奉系三军总教练；他是中华武术的"一代宗师"。

宫宝田，穷苦家庭出身，十三岁时经亲戚介绍，到北平的米行做伙计。他经常给肃亲王府送大米，被正在王府护院的尹福看中，尹福认为宫宝田是难得的练武奇才，便收其为徒。十年的勤学苦练，使得宫宝田脱胎换骨，不仅内功深湛，轻功也是出神入化，人送雅号"宫猴子"。宫宝田虽然是八卦掌的隔代弟子，但因其天赋和成就，董海川将《八卦拳谱》传给了他，使他成为真正的衣钵传承人。所以他后来接替尹福在肃亲王府担任护院一职，也是顺理成章的事。

1897年，二十七岁的宫宝田被召入宫，任护卫首领，加封四品带刀侍卫，担任光绪皇帝和慈禧太后的近身侍卫。八国联军侵华的时候，他护卫慈禧太后、光绪皇帝等人逃入西安。因办事得力，光绪皇帝钦赐"黄马褂"，他也因此成了清廷最后一位大内侍卫总管。

1922年，"东北王"张作霖邀请他做私人保镖。初次见面，看他瘦削得很，张作霖很是不屑，心想见面不如闻名。宫宝田当然察觉出张作霖对他的疑虑，但他并没解释什么，只让张作霖在距他二十步之外向他开枪。

张作霖心想，既然此人如此大胆，那就顺势摸摸他的底细吧。张作霖走到二十步之外，举枪冲宫宝田连开两枪，竟然都被宫宝田神奇地躲过了。向来自诩"神枪手"的张作霖顿感意外，正当他准备开第三枪的时候，宫宝田一个八卦游身步已经到了张作霖的背后，笑着说："我若想要大帅的命，恐怕大帅连头都来不及转了。"

宫宝田的功夫让张作霖大为震惊，于是他双手作揖，连呼："高！高！了不得的神功！"当即任命宫宝田为东三省巡阅使兼奉军总教练、自己的私人保镖。

1928年，张作霖将宫宝田留在北京护卫少帅张学良，而他独自回奉天，不想却命丧皇姑屯。

很长一段时间内，宫宝田都懊悔不已，悔恨自己没能跟在大帅身边，所以过了不久便辞职了。宫宝田回到老家后，深感国难当头，他决定育人习武，报效国家。他在胶东地区组织起数十个民间八卦拳社，广招门徒，培育了一大批八卦拳的传人。胶东名士、清末拔贡刘勃，曾邀宫宝田共组抗日国术队，并作《霜夜深山访侠》一诗："月白千山别有情，霜锁万壑更添兴。忠骨宿侠何所去。一道寒光洒青峰。"

开国上将许世友也是习武出身，在胶东领军抗战时就听闻宫宝田武艺高强。两人相见后，自然少不了一番拳脚切磋。随后，许世友将军邀请宫宝田任部队武艺训练班的教练，专门训练士兵。宫宝田的徒弟很多都走上了抗日战场，甚至还有不少抗日英雄。据说《林海雪原》中的主角杨子荣的原型，就曾受到宫宝田的指点，这可能就是他后来参加八路军，在东北勇斗座山雕的底气。

1943年6月27日，宫宝田病逝。虽然一代宗师宫宝田走了，但家乡至今还流传着他的传奇故事：踩着箩筐边缘跑动自如；纵身一跃，徒手抓麻雀；轻轻一攥，绿豆变成粉末……

现如今武术界比较有名的杨臣、荣华丰等人，就是宫式八卦掌的第三代传人。八卦掌第三代宗师王壮飞、中国台湾正宗八卦掌大师刘云樵都是他的爱徒。1985年，王壮飞令其子王翰之从新加坡回国，来青山村认宗，并祭扫师祖宫宝田墓。1994年，第四代永字辈正宗传人黄志诚，在青山村创办了宝田传统武术职业学校和中国八卦拳培训中心，学生遍布海内外。2017年8月10日，宫宝田纪念馆开馆仪式在威海青山村举行，这是尹派宫式八卦拳门内盛事，也是威海武术史上的大事，这也鼓舞着一代又一代的武林人士将宫式八卦拳传授到全世界！

（二）忠烈英才

1. 于云亭

"红色校长"

在齐鲁红色革命史上，有一所学校被誉为胶东的"黄埔军校"，它就是建于威海文登的山东省立第七乡村师范学校。文登是天福山起义的发起地，20 世纪 30 年代初期，党组织在这一带的活动十分活跃，"红色校长"于云亭起了重要作用。

于云亭是乳山人，青年时期在烟台、北京等地求学。1928 年，加入了国民党。1932 年 2 月，在济南加入了中国共产党。

1932 年 2 月，于云亭被委任为山东省立第七乡村师范学校筹备处主任，他偕同为中共党员的夫人汤成久，一起来文登筹建第七乡村师范学校。当时，他还遵照山东省委的指示，在文登发展党组织。于云亭路过夏村时，遇到了小学教师宋竹庭，两人找到一个没人的地方谈了一番肺腑知己话，说了一番肝胆豪气语，宋竹庭当即要求加入党组织。后来，他活跃在牟平、海阳一带，成就很大。

于云亭来到文登后，一边筹建学校，一边想办法与文登地方党组织接头。1932 年 4 月下旬，中共文登特别支部成立了。江先政任书记，于云亭任组织委员，汤成久任宣传委员。

经过半年的筹备,七乡师于 1932 年夏天正式成立。七乡师招收的第一批学生,是从一千三百人中选拔出来的八十名。这其中,有文登党组织安排的王本贤、张童华,荣成党组织安排的刘家语(谷牧)、丛烈光、邢礼文等共产党员。

8月,七乡师正式开学。9月,中共七乡师第一支部成立,只有十七岁的谷牧任书记,丛烈光任组织委员,邢礼文任宣传委员。七乡师当时聚集了一大批思想进步的教师,有校长于云亭、教务主任王少逸、训育主任刘春璞、总务主任孙子玉,以及李琴吾、陈之任、于寿卿等威望很高的老师。

七乡师当时有党员十一人。学生中有上级组织安排进来的五位,教职工中有于云亭、汤成久、李琴吾、杨方千、王少逸及三里庙附小的滕学秀。为了方便工作,于云亭以谷牧患有风湿性关节炎为由,把他安排在校内一幢小楼的东屋,让其单独居住,这里也因此成为活动联络点。很快,七乡师支部成为这一时期文登党组织的核心,而且在这一阶段,实际上领导了文登、荣成等地的党的工作。

第一届胶东特委成立后,特委书记张静源十分重视学校的党组织建设,专门到七乡师给予指导。七乡师支部直属胶东特委,张静源还把胶东特委与北方局秘密信件传递的任务交给了七乡师,充分表现出了对七乡师的极大信任。七乡师迅速发展成为东海地区开展党的活动的重要阵地和培养革命力量的摇篮,被誉为"红七师"。

在于云亭的策划和支持下,七乡师党支部开展了大量的活动。在校内购进了大量进步书籍,建立了反帝大同盟、新文艺研究会、史地研究会、新科学研究会和互济会等进步组织，还主办了《火线下》《教师之友》两个刊物，广泛开展了抗日宣传活动。

同时，七乡师还安排了军事训练课，邀请民团官兵来学校讲解军事知识，传授军事技术。与一般学校不同的是，七乡师还在农村广泛开展了工作。在周围十几个村子里办起了几十所简易夜校，帮助农村建立了"农村俱乐部"。

此时，七乡师培养考察了一大批积极分子，其中有后来成就很大的王一平、刘其人等。至1933年秋，七乡师的党员已达三十多人。同年，海阳人于洲来到了七乡师，于洲是海阳早期的党员，对敌斗争经验十分丰富。他的加入，进一步加强了七乡师的领导力量。

七乡师屡遭变故，先后四次重建。1936年暑假前，刘其人、毕庶生、王洪仁被捕。文登乡师支部又遭破坏。1937年10月，因日军入侵，七乡师奉命南迁，行至山东临沂时遭日军轰炸，师生被打散，文登乡师从此画上了句号。

七乡师前后历时五年九个月，在胶东革命最低谷的时候，承担起了领导对敌斗争的重任，在胶东革命史上发挥了重要作用，也使文登成为胶东的革命中心和两次重大起义的发源地。

七乡师还走出了一大批重量级的优秀人物。王一平曾任第二十六军首任政委、上海市委组织部部长等职，刘其人、刘国柱等人为开国将军，于洲曾任威海市市长。谷牧更是成为国家的重要领导人之一。

所以，于云亭是当之无愧的"红色校长"。

2. 于得水

昆嵛英雄

在胶东人民心中，于得水是一位带有传奇色彩的英雄人物。有人说他会飞檐走壁，有人说他力大无穷，可赤手空拳对付豺狼虎豹，还有人说他是"神枪手"，有百步穿杨的本领，令敌人闻风丧胆。他是"一一·四"暴动的参与者、领导者，他参加了闻名于世的天福山起义，他是小说《山菊花》中的主人公于震海的原型。他的故事被搬上了银屏，为人们广为传颂。

于得水，1906 年出生于文登葛家镇洛格庄的一个贫苦农家，其父亲因为交不上租息被拘押，他的祖父母、长兄及弟弟先后被冻死或饿死，这让于得水从小就在心中对万恶的旧社会埋下了仇恨的种子。为了报仇，他开始拜师学武，他想学梁山好汉，以武会友，招兵买马，找山头安营扎寨，然后与官府对抗，为百姓出头。1931 年 5 月，他参加了反抗地主的进步组织——农民协会。

20 世纪 30 年代初期，在胶东昆嵛山一带就有地下党活动，于得水也成了一名共产党员，有了更加明确的斗争目标。1933 年 7 月 12 日晚，按照事先的约定，几名地下党员在于得水家召开党员会议，不料，被本村恶人秘密告发。到了下半夜，葛家联庄会会长带领百余人包围了于家的茅屋，并踢门叫骂。熟睡中的于得水被惊醒，一个急翻身坐了起来，顺手摸起挂在壁灯上的一把菜刀，猛地向炕上一拍，大吼一声："哪个想死就过来！"他大声向妻子喊道："快拿枪来！"敌人早就闻知于得水武艺高强，又听说他有枪，更加害怕，已经冲进屋里的敌兵急忙退回到了院子里。于得水乘机一个箭步从炕上跃到了箱橱上，用肩膀将屋顶一扛，房子被顶出一个大窟窿，然后他飞身蹿上屋顶，逃了出去。自此，他化名林得胜，隐蔽在昆嵛山开展游击战。

为了他的安全，党组织让他去大连暂时躲避一下。他先在大连码头做装卸工人，由于险些被给日本人当翻译的同村人识破告密，他迅速离开了险地，来到锦州教武术。1935 年 6 月，接到特委的指示后，于得水回到了胶东，很快就参加了武装暴动的准备工作。1935 年 11 月 29 日（农历十一月初四），中共胶东特委发动了震惊胶东的农民武装暴动。于得水参加了暴动前的准备工作，被任命为东路一大队大队长。他与政委刘振民带领队伍奔袭石岛，转而西进。于得水一行赶到一个集镇时，他让两个队员装成吵架要打官司的样子，自己则假装劝架，靠近镇公所。两个镇丁怒喝道："干什么的？穷鬼滚开！"于得水上前说："人家要打官司，为什么不让他们进去？"他走到两个镇丁跟前，猛地用两只大手抓住了枪，一推一拉就将枪夺了下来，那两个镇丁还没有反应过来，就被解决掉了。在两天一夜里，于得水带着队伍行进了三百多里，缴获长短枪八十多支、刺刀五十余把、土枪三十多支、子弹两千余发，受到了胶东特委书记张连珠的表扬。

但是，由于敌我力量悬殊，"一一·四"暴动最后还是失败了，中共胶东特委负责人张连珠、程伦、曹云章等牺牲。在这之后，于得水带领队伍在昆嵛山一带转入地下游击斗争。

1937年12月，理琪在济南获释出狱，受山东省委的派遣，重回胶东工作，任胶东特委书记。根据山东省委的指示，理琪等人在胶东成立了"山东人民抗日救国军第三军"，先编成第一大队，于得水任大队长，宋澄任政委。1937年12月24日清晨，于得水率领二十余名队员，带着三十多支长短枪，从昆嵛山区经过一夜的急行军，到达文、荣、威交界处的天福山，参加了威震胶东的天福山起义。

1938年3月19日，于得水奉命率队攻打福山县城，在兄弟部队的配合下一举成功，原国民党县保安队三百余人被改编。于得水按上级指示，成立了福山县抗日民主政府。

在整个抗日战争时期，于得水的足迹遍布胶东大地，昆嵛山上的一草一木都见证了他的英勇无畏。他先后七次负重伤，十三次受到嘉奖。抗战结束时，他任烟台警备军司令，1955年被授予大校军衔。后转业到安徽省，任民政厅副厅长。1967年，他在"文革"中遭迫害离世，年仅六十一岁。1979年，于得水追悼会在合肥举行，于得水彻底恢复名誉。2005年，为纪念抗日战争胜利60周年，安徽省为于得水铸造了半身铜像，5月22日，在合肥大蜀山文化陵园丰碑园举行了揭幕仪式。历史与人民永远都不会忘记于得水这位抗日英雄！

3. 郭永怀

功勋化金星

1926年的一天，荣成县西滩郭家村沸腾了——了不得了，郭文吉家的四儿子郭永怀考上青岛的大学堂了。

其实,十七岁的郭永怀考上的只是青岛大学的附属中学,但这也并非村人大惊小怪。自从取消了科举考试,别说是西滩郭家村,十里八乡也没人考上这么好的学校。郭家上几代人致力于科考,怎奈均未考取功名。郭永怀以优异的成绩考上青大附中,算是给郭家挣得了莫大的荣耀。郭永怀离家赴青岛的那天,爷爷指着郭家已显颓败的门楼,老泪潸潸地叮嘱道:"永怀呀,你可要学出个名堂,光宗耀祖就全指望你了。"

爷爷的话令郭永怀刻骨铭心,他发奋读书。1933年,他又考入了北京大学物理系。1937年,正当郭永怀在学业上突飞猛进之时,日本发动了全面侵华战争,北大停课,郭永怀被迫回到了家乡,在威海中学执教。威海中学的校舍是原北洋海军的军营,中日甲午之战后,这里竟变成了日本占领军的司令部。被打上了屈辱的烙印的校舍,无时无刻不在给郭永怀以警示,何况还不时有日军的飞机呼啸而来,狂轰滥炸。郭永怀痛感中国航空工业的落后,认定学习航空工程才是救国之路。1938年春,郭永怀冒着危险奔赴昆明,进入西南联大航空工程系学习流体力学。

1939年夏,中英"庚子赔款"留学生招生考试开考,报名者多达三千人,却只能录取二十人。郭永怀报考的航空工程专业只计划录取一人,偏偏学业优秀的钱伟长、林家翘也报考了这个专业。不可思议的结果出现了,三人竟并列第一。最终留学名额只好破例增加到二十二人,三人同时被录取。不想,英国因"二战"取消了接纳外国留学生的计划,后郭永怀等人又被改派到加拿大留学。郭永怀等人在上海登船后才得知，此航船需在日本横滨停留，并要接受日本政府的签证。中国正遭受日本侵略者的蹂躏，他们绝不接受日本的签证！郭永怀等人全体下船！一年之后，郭永怀等人才辗转抵达加拿大多伦多大学，成为该校的第一批中国留学生。1941年，郭永怀又赴美国加利福尼亚州立理工学院学习，和钱学森一起成为气体力学大师冯·卡门的弟子，并获得了博士学位。1949年，因在跨声速飞行与应用数学方面取得了重大成就，郭永怀享誉世界。之后，他被康奈尔大学聘为终身教授。1956年，任中国力学研究所所长的钱学森致信郭永怀，迫切期望他回来为新中国效力！长达十六年的海外求学经历，让郭永怀深刻地认识到：中华民族遭受的所有屈辱，其根皆在落后贫穷。虽然爷爷的话令他刻骨铭心，但郭永怀已有了更深更广的解读：要想家家光宗耀祖、挺立门庭，就必须光民族之宗、耀华夏之祖，让整个国家门庭挺立！他决意放弃国外的优厚待遇和研究条件，举家回国！

为避免美国政府制造麻烦，郭永怀将自己没有公开发表的书稿付之一炬。夫人李佩教授为之惋惜，郭永怀却坦然而笑，说道："放心，这些全印在我的头脑之中！"1956年，郭永怀携全家乘船回国。之后，郭永怀任中国科学院力学研究所副所长。自1958年起，郭永怀全身心地投入"两弹一星"的研制之中，历任九所副所长、九院副院长。1961年7月，他加入了中国共产党，为我国"两弹一星"的研制成功做出了巨大的贡献！

1968 年 12 月 4 日，在青海基地待了两个多月的郭永怀，携带绝密资料赶到了兰州，换乘飞机急赴北京。12 月 5 日凌晨，飞机在首都机场降落时不幸坠毁。郭永怀与警卫员牟方东烧焦的遗体紧紧地抱在一起，他们中间是保护完好的装有热核导弹试验数据的绝密文件的皮包。

周恩来总理得知噩耗后失声痛哭。1999 年，郭永怀被授予"两弹一星功勋奖章"！

由于长期从事绝密工作，郭永怀极少陪伴家人。年幼的女儿过生日前曾问爸爸会送什么礼物，郭永怀满怀歉意地指着天上的星星说，以后天上会多一颗星星，那就是自己送女儿的礼物。这一"礼物"，终于在 2018 年 7 月兑现——国际小行星中心正式将编号为 212796 的小行星命名为"郭永怀星"。熠熠发光的"郭永怀星"佑护着祖国，也激励着祖国的国防大业继往开来、砥砺前行！

4. 理琪

"天福英雄是理琪"

他从学生时代起就参加了反对帝国主义的革命斗争，他在十七岁时就加入了中国共产党。他不是山东人，但最后的主要活动区域却是胶东、昆嵛山一带。他是著名的天福山起义的最高领导者，牺牲时只有三十岁。这个名叫理琪的河南人永远活在胶东人民的心中。1962 年，全国人大常委会副委员长、著名学者郭沫若为纪念理琪题诗：

天福英雄是理琪，献身革命国忘私。

当年猛打雷神庙，今日高标星宿旗。

万代东风吹海隅，一方化雨仰宗师。

文登多少佳儿女，接力还须步伐齐。

理琪，1908年生，原名游建铎，河南太康大许寨乡游庄人。1924年，进入开封圣安德烈学校读书。1925年4月，加入了中国共产党。同年6月，他参与和领导了该校学生反对帝国主义文化侵略的游行示威、驱逐学监王保贤及集体转学等活动，当选为善后委员会委员。后理琪受党的派遣，回太康贯彻国共合作政策，参与国民党太康县党部的筹建工作。为配合全省农民运动的开展，培养骨干力量，他在游庄开办了三十余人的农民运动讲习所，习文练武，宣传革命道理，破除封建迷信，并为成立农民协会做了不少的准备工作。

1925年9月，理琪奉命到冯玉祥部当电务员。在第一次大革命失败后的困难时期，他发动士兵和群众举行武装暴动，因条件不成熟未成。1929年，他随部开驻江西，暗中搜集敌军情报，用无线电密码将其提供给红军，为根据地军民粉碎国民党的"围剿"做出了重要贡献。身份暴露后，他离开冯部，到中央苏区瑞金负责通信联络工作。1934年，红军主力长征后，理琪被派往上海从事地下工作。

1936年3月，理琪任中共胶东特委书记，由此开始了光彩夺目、悲壮英勇、辉煌荣耀的人生历程。他在《胶东特委给各级党组织的一封信》中，正确分析了全中国，尤其是胶东的政治斗争形势，总结过去的经验教训，批评了胶东党内的错误倾向，指出了纠正的方法及今后胶东党组织的任务。他搜集了毛泽东主席的军事著作，以特委的名义油印成册，发给党员学习，有效提高了党组织的战斗力。他发起了夜袭国民党文登县界石集据点的战斗，缴获敌长短枪四十余支、子弹十多箱，打击了敌人的嚣张气焰，壮大了革命声威。是年，在"九一八"纪念活动中，理琪写了《告同胞书》，散发到文登、牟平等县，点燃了胶东地区的抗日烈火。

1936 年 11 月，因叛徒出卖，胶东特委遭破坏，理琪在烟台被国民党韩复榘部抓捕入狱。敌人用尽酷刑，他几次昏死过去，醒来只有一句话："我要抗日！"敌人无计可施，便将他押送到济南高等法院看守所，判刑五年。在狱中他联络在押的十九名共产党员，建立了党支部，领导狱中的捐款抗日和绝食斗争。1937 年 11 月，理琪由中共党组织保释出狱，他重返胶东，组织发动群众，领导抗日武装斗争。1937 年 12 月 24 日，中共胶东特委领导举行了文登县天福山起义，组建了胶东人民抗日武装——"山东人民抗日救国军第三军"。起义部队以武装宣传队的名义分赴各地，发动群众开展斗争。

天福山起义后，理琪到威海发动群众参加抗日武装；到国民党海军教导队做《团结抗日》的报告，并同国民党专员洽谈抗日事宜。1938 年 1 月，以原国民党二区政训处武装力量为基础，配合胶东人民抗日武装，理琪领导了威海起义，一举攻克了威海专员公署军械库，获取了大批枪弹、辎重，赶跑了伪警察局局长郑维屏。起义成功后，特委将队伍整编为三个大队，建立健全了司令部，成立了军政委员会，理琪任司令员兼军政委员会主席。2月13日，理琪率部攻打被日寇侵占的牟平城。他亲自部署战斗，并带领战士冲进了日伪县政府的大堂和后宅，活捉了伪县长宋健武以下七十多人，缴枪一百余支，放出了"政治犯"，惩处了日伪军及汉奸，一举收复了牟平城。后日寇来犯，理琪率部撤出了牟平城，至城东南二里处的雷神庙时，与日寇展开了激战。我军在战斗中打死打伤敌军多人，击落敌机一架，理琪也不幸两次中弹，英勇牺牲，年仅三十岁。

理琪的遗体最初葬在文登县崔家口村，1945年11月，迁至栖霞县英灵山革命烈士陵园。2014年9月1日，他被列入民政部公布的第一批三百名著名抗日英烈和英雄群体名录。他的英雄事迹至今仍为人们所传颂。

5. 张玉华

"中国好人"

2015年，在天安门前的胜利日大阅兵上，一个老人以一个标准军礼，给国人留下了深刻的印象。在2016年农历猴年的春晚小品《将军与士兵》节目的最后，也出现了这位老人，他坐在轮椅上，被搀扶着站了起来，面向全场庄严地敬了一个军礼！

这位老人就是威海的"中国好人"张玉华，为国家独立与民族解放奋战了一生的英雄将军。

张玉华，1916 年出生在文登张皮村的一户农民家庭。1935 年，加入了中国共产党，是天福山起义的领导人之一。起义部队后来被编为"山东人民抗日救国军第三军第一大队"，张玉华任一中队指导员。

抗日战争时期，有一次第一大队在雷神庙被日军包围。激战中张玉华受了伤，但他仍紧咬牙关，背着身负重伤的胶东党组织负责人理琪突出了敌人的包围。

1964 年，张玉华晋升为少将，获二级独立自由勋章、二级解放勋章、一级红星功勋荣誉章。2017 年 9 月 10 日，一百零一岁的开国少将、原南京军区副政委张玉华因病医治无效，在南京逝世。当日，南京市红十字会眼库工作人员赶到南京总医院的病房，遵从老人的捐献遗愿，在向老将军的遗体鞠躬后，摘取了他的眼角膜。9 月 17 日，老将军的子女前往天福山，将老将军的骨灰撒在了当年的起义之地。按照老将军的遗愿，其子女向威海市文登区文昌小学（原名为"张皮村小学"）捐款十万元，作为奖学基金。

早在 2001 年，老将军就已写下了遗嘱，并三次修改。他说："我活着为人民，我的后事也要为人民着想，不向组织提任何要求，不去做于死者无益、于活着的人有损的事。"

老将军生前多次说，他有三个妈妈：第一个是他的生母；第二个是养育他的人民；第三个是培育他成长的中国共产党。

老将军从 1986 年离休后，工资除留出基本生活费外，都捐了出去。三十多年间，他用自己的大部分收入，给西到新疆、西藏，南到海南岛，北到东三省的贫困群众、学校捐款近百万元。2012 年，他荣获"中国好人"的称号。

老将军生活十分俭朴，却捐赠大米近二十万斤。他一件衣服穿很多年，他的袜子布满补丁，他的那块手表，从 20 世纪 70 年代一直戴到去世。

老将军坚持阅读，八十多年从未间断。后来，随着年龄的增加，他的阅读大多是在床上完成的。从 1986 年开始，他担任过十多所学校的校外辅导员，经常向孩子们讲述革命故事。

张玉华二十三岁时，便参加了雷神庙战斗。此后，他参加了抗日战争，还有解放战争中的四平攻坚战、辽沈战役、平津战役、解放海南岛战役，以及抗美援朝战争。他三次身负重伤，有一颗子弹在他体内残存了七十七年。他在《我的后事留言》中写道："离世后可取出我体内的那颗子弹，装在瓶子里留给后人，作为不忘初心的纪念物。"

为纪念张玉华老将军，威海市文登区相关部门在文登学广场西南，设立了一处以张玉华将军的名字命名的红色主题公园——玉华园。以他为人物原型拍摄的电影《布衣将军》，于 2022 年 12 月 24 日晚在中央电视台电影频道播出。这是"共和国名将"系列影片中的一部，讲述了张玉华将军一生中的三个重要阶段，从年轻时积极投身抗日战争、解放战争、抗美援朝战争，讲到晚年定居南京的城市生活，最后讲到他回到故乡威海市文登区投身慈善事业的感人事迹。

三

遗迹寻踪

经考古发掘及专家论证，早在新石器时代，威海市铁槎山脚下河口村一带就有人类繁衍生息，他们以食山中野兽的肉与海中的贝类为生。四千多年前的独木舟的出土，表明威海人在远古时期就掌握了先进的造船技术。不夜、昌阳与育犁等古县的设置，创建了威海行政区划的基本构架。一代大儒郑玄曾来此讲学，加之县学、卫学、书院的创立，都为这方水土打通了源远流长的文脉，并留下了丰厚的文化积淀。大量石刻与寺院的存在，从另一个角度佐证了威海历史文化的多元性与丰富性。北洋水师公署、水师学堂及刘公岛上的炮台群，无不昭示着国家海权的重要性。

（一）史迹钩沉

1. 河口遗址

新石器遗址

横卧在荣成南部黄海之滨的九顶铁槎山，危峰兀立，巍峨峻拔，山海相映，雄伟壮观，自古以来就有"大东胜境"之称，这里曾是"全真七子"之一王玉阳的修炼之处。在铁槎山的四周散布着几十个大小不一的村庄，而在山麓的西北方向则有两个名叫河口的村子，一是西河口村，一为东河口村，在两个村子的南面就是新石器时代的河口遗址。

说起河口遗址的发现，还要上溯到 20 世纪 70 年代。1973 年深秋的一天，东河口村二队队长常德财正带领社员整修村南头的一片土地，向深处挖掘时，突然发现地下有以往未曾见过的东西：灰黑的陶片，人工打磨过的石头。这些是什么东西？看起来不像是自然形成的，有人工的痕迹。大家围在一起反复琢磨，虽然说不出什么名堂，但都感觉地下埋的这些东西不同寻常。那时，社员们的觉悟很高，有人说可能是"宝藏"，也有人说可能是古墓之类的，应该上报。随即生产队就向村里汇报了，村里又向公社汇报，公社报到了县有关部门，县有关部门又报到了省有关部门。

之后，当时的荣成县及烟台地区的有关方面的人员，便几番到河口遗址现场查看。但直到1975年秋季，才由山东博物馆的专家张江凯先生带队开始对遗址进行挖掘，河口村派了几个村民协助。1976年，又进行了一次挖掘。经考古专家两次全方位的挖掘，收获了大量的石器、陶器与骨器，测出整个遗址约占地13.5万平方米。

1979年3月，北京大学与烟台地区的文物专家又到河口对遗址进行了考证。同年10月，中国社科院考古研究所、北京大学、烟台地区文管会又对遗址进行了联合调查，最后得出的结论是：河口遗址属胶东半岛原始文化中较早的贝丘文化遗址，所属年代应当为新石器时代，距今约七千年。在随后撰写的《河口遗址发掘报告》中记有：遗址的地表散布着大量的红烧土块、陶片、蜊壳等；而石器则较为丰富多彩，有石斧、石刀、石铲、石锛、石锤、石球、石磨棒等；而陶器则以夹砂红褐陶为主，泥制红陶次之，多是钵、罐、鼎，还有纺轮、支座等；骨器则有骨针、骨锥等。

据参与挖掘的河口村村民回忆，当时挖出了不少的兽骨，特别是鹿角，他们曾用大粪筐向外抬送，这可以证明当时铁槎山上有大批野鹿存在。最让人感兴趣的是，当时发掘了几乎是成堆的牡蛎壳。经专家反复研究后认定，那应当是先民们自滩涂获取食物后的遗壳。这证明了先民们获取食物的方式的多样性，他们从山里捕获野兽，而海物或许是早期沿海居民的主要食品。正因为有堆积如山的牡蛎壳与其他的海洋贝壳，所以专家才称河口遗址为"贝丘遗址"。这是在胶东半岛发现的新石器时代的最显著特点，是由先民们近靠大海的地理位置决定的。

贝丘遗址是远古时期威海沿海一带在特殊的气候条件下出现的一种现象。据考古学家的研究，六七千年前威海三面环海，由于全球气温上升，冰川融化，海水上涨，海平面较之现在高出四米左右，这自然导致滩涂面积扩大。而温润的气候对近海海洋生物的生长极为有利，大量的鱼虾与各种贝类就成了先民们最易获取的食物。

散居在胶东半岛沿海一带的先民们并未远离大海的怀抱，他们还在那里坚韧顽强地生存着，浅海生物是他们重要的食物来源。而在社会慢慢进入农耕文明时，他们也在探求前往较深的海洋捕捞的办法，这也推动了造船技术的出现。在今泊于镇松郭家村发现的独木船，距今已有四千多年，可作为当时的威海人涉远海图生存的佐证。

2. 隔断舱古船

小木舟大智慧

威海人自古以来就生活在大海边，大海是威海人的故乡。

远古时代，威海先民们追逐太阳，来到了"天尽头"成山头。在进入农业社会之前，先民们靠上山打猎、猎取野味为生。另外一些很重要的食物则来源于海洋，在船只出现之前，人们主要靠退潮后在近海获取蛤、贝、牡蛎、海菜等来充饥。

在荣成铁槎山下面的河口遗址中发现的大量先民们采食后残留的海蛎子壳，可以充分证明这一点。后来，随着造船业的逐渐兴起，沿海居民就不局限于在海岸边获食了，人们可以凭借船只与渔网，到较远的深海进行捕鱼作业，获取更多的海产品。

威海先民们是何时发明了造船技术的呢？1982年，在威海泊于镇松郭家村挖掘出了一条年代为龙山文化晚期的独木舟，这才真正解开了谜底。原来早在四千多年前，威海人已经能够造船了。虽然那只是一条独木舟，该舟残长也仅为3.9米，但其制作技术之先进令人惊叹，竟然使用了至今仍被普遍采用的水密隔舱技术——独木舟内有两道隔舱壁，把船舱分隔为三个独立的空间。很难想象古人会采用这种技术，这不但让独木舟初步具备了相对密封的隔舱功能，即使一舱漏水，整个船只也不至于沉没，而且也大大增强了船体的强度，从而极大地提高了船只在海上航行的安全性！

四千多年前，威海的先民们竟造出了采用水密隔舱技术把船舱分隔为三个独立空间的独木舟，这真是了不起的创造，真可谓"小木舟大智慧"！

更难能可贵的是，能够将一整棵粗大的树木凿成带有隔舱的独木舟，表明当时使用的工具已经很先进了。假若用石器，根本不可能造出这样的船只。

以这条独木舟为范本，后来威海的先民们在造船技术上不断改善提高，其航海能力与海上捕捞作业的水平自然也随之提升，而且具备了航海去朝鲜半岛的条件。到商朝末年西周初期，威海成了到朝鲜半岛的最近、最便利的出海口。据清代乾隆年间的《威海卫志》记载，威海"旧传为箕子城"。相传西周初期，殷商王族的箕子东渡朝鲜，首先落脚威海，经过一段时间的准备，最后从威海乘船东渡到了朝鲜半岛，而与箕子同去的部落成员超过五千人。这再一次佐证了当时威海先民们造船与航海技术的高超。

3. 不夜城

"不夜"之地的古城

西汉时期，今威海市域的文化有了较快的发展，在并不广袤的威海，竟形成了不夜、昌阳、育犁三个文化中心，且三个文化中心都留下了丰富的文化遗存。《汉书·地理志》注引《齐地记》云："古有日夜出，见于东莱，故莱子立此城，以不夜为名。"

日出为昼，而"有日夜出"就是说此地没了黑夜，于是便以"不夜"为名。这样的记载也反映出这里曾日光煌煌。因为古时人们认为它旁边的"天尽头"成山头是太阳诞生之地，是"朝舞"之地，所以将这里称为"不夜"也就不难理解了。莱子当为远古时期活跃在胶东半岛的莱夷，其所建立的莱国就是商周时期的东夷古国。从有明确记载的《汉书》

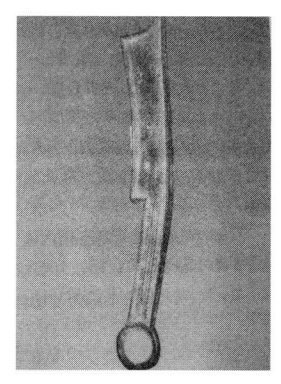

石岛南车出土的齐国刀币

开始算起，"不夜"的确已有两千多年的历史。经沧海桑田，古时声名赫赫的不夜城，早已化作旧址村野上的尘土。

汉高祖刘邦设不夜县，属东莱郡，其境域为今荣成市大部及今环翠区全境。"不夜"二字蕴含着丰富的历史信息。经史家钩沉，一个说法浮出水面：在张骞"凿空"西域开辟丝绸之路前，环胶东半岛，经长山列岛、辽东半岛，直至朝日诸岛屿，已经形成了一条与海外诸民族交往、贸易的海上走廊。当时的东夷先民当为航线的开辟者、继航者，他们把中华大地孕育的文明基因播植在了蜿蜒曲折的航线沿途。

秦始皇扬鞭东指，"过黄、腄，穷成山，登之罘"，乃抚东土，宣威海滨。"齐人徐福等上书，言海中有三神山，名曰蓬莱、方丈、瀛洲，仙人居之。请得斋戒，与童男女求之。于是遣徐福带领童男童女，入海求仙人。"

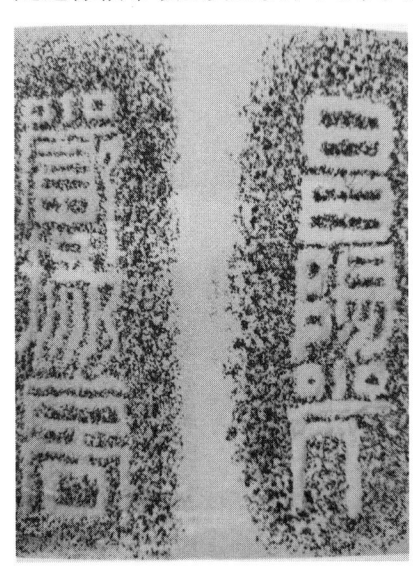

萌子三家泊汉代昌阳严石阙拓片

这个"徐福"，即民间耳熟能详的率载有三千童男童女的船队去海上为秦始皇寻长生不老药而东渡日本不归的那个徐福。这个故事虽扑朔迷离，却说明了当时莱夷经营的水道可通达日本，不夜城之荣光灿烂，可见一斑。

有资料记载，清道光年间，不夜城遗址尚可辨识。20 世纪 70 年代以后，村子向南迁建，不夜城遗址便被压在了村下，昔日的残砖断瓦已完全被掩埋。

继设不夜县之后，西汉又在现威海境内设立了昌阳县，其辖区为今威海市文登区大部及今荣成市西南部，昌阳城则位于今文登区宋村镇石羊、宋村、城东三村之间，总面积约为 17.5 万平方米。

至西汉时，威海境内昆嵛山西南侧已形成人口聚居的文化中心。西汉初期，即在此设育犁县，隶属东莱郡，其辖区大致为今乳山市全境及今牟平南部、海阳东部。1935 年，民国版本的《牟平县志》总纂于清泮亲临古城遗址勘校凭吊，并立"育犁故城碑"。

不夜古城、昌阳古城、育犁古城，三座古城虽已湮没在了千年的风沙和朝代的更迭之中，但它们的遗韵却不会消失。

4. 秦桥

如梦如幻的桥

《史记》中记载，秦始皇第一次东巡，"穷成山"；第二次东巡，从琅邪（后为"琊"）乘大船，一路寻找大鱼，"北至荣成山"。这里的"荣成山"即荣成市的成山。

成山延伸到了海滨，似乎是为了抵抗海浪的冲击，突然耸起，势若摩天，形成了山东陆岸尽头的岬角，名为"成山头"，又叫"成山角""成山岬""山东高角"。因陆地到此而尽，古人称之为"天尽头"。

站在"东方无东"的"天尽头"的海岸上向大海眺望时，可以发现在南侧的海中，一列东西走向的礁石在涌动的海浪中时隐时现，似断似连，如梦如幻。这排礁石就是史传的"秦桥遗迹"。

相传当年秦始皇来到山东半岛的最东端巡游，为了尽可能深地探入茫茫大海，也为了方便徐福去海中的仙山寻找长生不老之药，便下令在成山头造一座尽可能深入大海的栈桥！

在波涛汹涌的大海中造桥谈何容易？海神见秦始皇造桥心切又无能为力，便赐了他一柄"驱山铎"，又叫"赶山鞭"，只要挥动此鞭，他想要的海中大桥便可落成。

秦始皇如获至宝，马上挥动了"驱山铎"。果然，神迹出现了，西边的十三座大山上的山石轰隆隆、源源不断地向东奔来。那些巨大的山石纵入海中，不一会儿，便形成了一眼望不到头的海上栈桥。

见此场景，秦始皇自然大喜过望，兴奋不已。这座神奇的桥的落成，当然要归功于海神，秦始皇认为自己虽拥有了天下，但还是不及海神。兴奋和激动过后，秦始皇便迫切地想要拜见一下这位法力无边的海神，以亲自表示感谢。

海神听说秦始皇要拜谢自己，思量再三后向秦始皇传达了神谕：本神长相甚是奇特狰狞，如相见，恐惊扰圣驾。

但为了面谢海神，秦始皇还是再三请求相见。海神感其恳切诚意，终于同意在刚落成的石桥上见面。但海神叮嘱说，见面时不许任何人画自己的相貌，以免自己的画像留于人间，让百姓受惊。

秦始皇答应了，按约定骑马来到了那长长的不见尽头的石桥，与海神相见。

能见到海神，这是千载难逢的机遇，如能将海神的容貌画下来，岂不赢得一世名声？一位宫廷画家禁不住这样的诱惑，便不顾禁令，躲在暗处偷偷地画着海神的肖像。

海神发现有人在偷画自己，勃然大怒，大声喝道："始皇帝，请速速离开此桥。"说罢，海神一挥手施展了法力，那刚落成的一眼望不到头的长石桥便开始轰隆隆地崩塌。

秦始皇见大势不妙，急转马头向岸边飞驰而去。马的前蹄刚刚踏到岸边，后面的石桥就全然轰塌，不见尽头的长桥瞬间便被海水淹没了。

从此，残留的巨大石块在海波中时隐时现，留下了一段令后人传说至今、如梦如幻的秦桥遗迹。

关于秦桥遗迹的故事，早在公元5世纪时就有记载。晋朝的伏琛在《三齐略记》中有生动的描述，之后几乎历代文人墨客都为秦桥留下了诗赋，有赞赏的，有讽刺的，有批判的。唐朝时曾担任过仓部员外郎的诗人韦充，在《鞭石成桥赋》中极力赞颂了秦始皇威震山海的胆略气势。晚唐时杰出的浪漫主义诗人李商隐在《海上》一诗中，则对秦始皇派徐福去海上求神仙一事进行了无情的讽刺，认为那只是一场空梦——"石桥东望海连天，徐福空来不得仙。直遣麻姑与搔背，可能留命待桑田。"

道光十七年（1837），曾任荣成县令的山西人李天骘在《秦桥遗迹》一诗中，则平实地记录了秦桥的景象，并另有一解，认为秦桥是唐代道士罗公远扔的仙杖造成的。清朝乾隆甲子年（1744）举人、荣成人张本大在他创作的《秦桥赋》中，先是描写了一番秦桥的景象，随后提出了自己的见解。所谓的"秦桥"在大海之中，巨石参差，忽断忽连，乍出乍没，只是成山探入海中的余脉罢了。因始皇帝登成山观日出，便传说他入海亲履其上……久而久之，便将海中巨石称作"秦桥"了。至于始皇帝在此造桥观日和海神为之驱石建桥，只是传说罢了。

秦桥遗迹，我们只可视其为一段历史传说，如梦如幻的传说。在中国古代，真实的历史往往与一些神话故事附会交融，真中有假，假中带真，真真假假，缥缈虚幻。

5. 日主祠

太阳神之祠

典籍中记载，古代的齐国有八祠，其中成山为日主祠。在《史记·封禅书》中记有，日主祠在成山，而成山则居齐东北隅，以迎日出。清雍正时期的《文登县志》中记有，成山下东海岸尽处，"过祠不复有岸矣"。由此可知，日主祠位于现今成山头的海边。战国以前成山头被称为"朝舞"之地，在东海尽头，古时"舞"通"儛"。清宣统年间的《山东通志》中解释说，"朝日乐舞"是礼日奠基中的仪式。秦始皇五次东巡，其中两次到达成山头。第二次巡视成山头时，在成山头南峰立了一块石碣，当地百姓称之为"发碑石"。太始三年（前94），汉武帝东巡成山，曾下令在成山头修建拜日台、日主祠等。

秦始皇两次东巡成山和汉武帝礼日成山，不仅留下了许多传说，更延续了礼日习俗及文化，如成山头"拜日祭海"活动已延续了数千年。姜太公在齐地封过"八神"（天主、地主、兵主、阴主、阳主、月主、日主、四时主），而"日神"就在成山头，所以成山头自古就被称为"日神所居之地"。姜太公把日神封在成山头，虽是神话，但也自有一番道理。既然是祭祀日主，最早看到太阳升起的地方当然是首选之地。成山头位于山东半岛的最东端，是看到海上第一缕阳光之地，从地理位置上来说，自然应是祭祀日主之地。成山头山海相连，日出之时更是奇伟壮丽，承载着自远古以来的太阳文化崇拜，成为汉武帝寻仙祈福之所，汉武帝还修建了拜日台和日主祠。成山头日主祠有副对联："光照中天川光泽，气润大地物昭苏。"这副对联形象地描绘了日主的特征。

　　日主祠内供奉的日主英武威严，手捧三足金乌（神话传说中的太阳神鸟），象征着所到之处光芒万丈，三足金乌日夜飞翔，驱赶太阳东升西落。据相关史学家考证，原初的日主祠建造时间为汉武帝时期，主要依据有两条。《汉书·地理志》中记载："不夜有成山日祠。" 清道光年间的《荣成县志》中则更确切地记载道："日主祠，汉孝武（汉武帝）八祠之一。"但关于最初建造的日主祠的规模和样式，史料中并没有记载。传说至清代时，日主祠规模很小，八尺见方，被称为"方八庙"，香火并不旺盛。至19世纪末，只剩下了空祠。20世纪20年代，成山头重修了灯塔，扩大了塔院，日主祠则被彻底拆毁。20世纪90年代，重新修建了日主祠，因已不适合在清代原址上重建，所以在始皇庙进行了重建。

（二）文脉渊源绵长

1. 县学与书院

"文登学"名扬天下

威海文登为千年古县，在很长的历史时期内，一直是威海区域的政治、经济、文化中心，自古就有"文登学"的美誉。秦始皇东巡时，曾在此召集文人墨客登文山吟诗作赋、歌功颂德，留下了"文人登山"的传说。不但文登因此得名，而且也开创了邑人崇文尚学之风气。

汉代大儒郑玄在文登的长学山开院讲学，此地生民读书求学蔚然成风。但"文登学"能誉满天下，文登县学功不可没，先后培养出了大批科举人才。

文登县学原址位于文登城东南隅，敕建于宋庆历年间（1041—1048），后历经十一次重修或扩建。一代代文登人修建了县学的殿堂，更将崇文尚学之风传承了下去。金大定十二年（1172），迁建学宫于县治东，学宫规模宏大，其主体建筑是大成殿，周围建有儒学署、训导署、明伦堂、庠科、名宦祠、乡贤祠等。

明清时期，作为古代教育的补充形式，威海境内的书院、社学、义学与私塾等也都得到了长足的发展。由于具有崇文尚学的传统民风，文登先后涌现出了诸多著名的书香门第和耕读世家。明清时期，威海境内的书院主要有长学书院、昆阳书院、文山书院。

长学书院位于文登城西的长学山之阳，后为圣皇庙。有明崇祯六年（1633）碑载："山名长学，盖先代郑司农设教处。"

明朝文登籍尚书丛兰年老归乡后，也创建了学堂，教授族中子弟，并取"书中自有万石粟"之意，题写学堂名"万石山"刻于石上。

昆阳书院位于文登城西的昆嵛山虎伴庵右边，其遗址及门额上的"昆阳书院"四个字至今尚存。

文山书院，旧名为"崇文书院"，清康熙三十三年（1694）兴建，位于文登城南门里老院街西，有房屋十八间。清同治五年（1866），重修了书院大门，改名为"文山书院"。清光绪二十八年（1902），文山书院又改名为"县学"。那时文山书院的管理模式已极具现代色彩，书院设立了院董会，重大事项由院董会决定。主持书院日常工作的人被称为"山长"，由知县聘任。由山长延请当地的进士、举人、贡生担当讲学。学员无年龄限制，每月开课考试一次，优等者可获得奖银。此书院有学田六百四十多亩，租给周围的村人耕种，收取的租银作为书院延师之资。

荣成县的成山书院当时也颇有影响。清嘉庆十四年（1809），成山书院由荣成知县张畲倡建，为荣成第一家书院。

在明清两代的科举考试中，文登县学共考中进士一百零二人、举人近二百人、贡生六百六十人。在清顺治十二年的殿试中，文登出现了"一榜七进士"的盛况，一时轰动京城。

康熙五十六年（1717），文登县的刘重选与堂弟刘重殷、丛苟三人一榜中举，被称为"一榜三举人"。这在当地被传为佳话，也让"文登学"的美誉名扬天下。

2."康成讲堂"

郑玄长学山讲学

东汉时期，大经学家郑玄客耕东莱，使当时风行的儒学最终与威海这片土地结下了深厚的渊源。

在威海的历史文化发展中，郑玄是个极其重要的人物。东汉永康元年（167）以后，郑玄在威海境内的西长学山（今名"长山"）创立了"康成讲堂"，教授经学，他由此成为将儒学植根于威海一带的重要人物。听说郑玄东去讲学，大师马融感叹道："郑生今去，吾道东矣。"

当时，郑玄已名盖天下，大经学家郑玄前来讲学，一时间在文登引起了极大的反响。文登当地富裕的士绅纷纷解囊相助，捐钱，捐物，雇工匠，在很短的时间内即在长学山之阳建起了书堂、学舍，为郑玄开馆讲学提供了尽可能完善的条件。

文登一带的向学之士纷纷涌向长学山，拜入郑玄门下。有资料记载，那时郑玄收下的弟子前后累至数千人。

开明士绅鼎力建馆，莘莘学子虔敬求学，如此这般崇文尚学之风，令大经学家郑玄大为感动。郑玄投入了全部精力，一边在长学山上开馆讲学授徒，一边校注经典，著书立说。虽难以考证"长学山"之名是因郑玄在此开馆讲学而得，但郑玄东来讲学，的确促进了胶东半岛的文化发展，实为威海地域文化之大幸。

去长学山听郑玄讲学，一时风靡文登。相传即使是农忙时节，只要丈夫、儿子说要去长学山听郑玄讲学，妻子、母亲就会放行，并且会为其准备最好的干粮。而田地里繁重的农活，则由她们心甘情愿地承担。

县、州、省三级的地方志，对郑玄"长山讲学"一事皆有浓墨重彩的记载。《山东通志》中记载，在县西四十里处的长学山下，汉郑康成栖隐于此教授生徒，有书院遗址。郑玄于长学山开馆讲学，不但濡染了千百学子之心，连当地的一种普通的野草也有了雅致的"康成书带草"之美称。

长学山一带，生有一种叶片狭长、韧性很强的野草。郑玄在此开馆讲学之后，常用此草捆绑书简。于是，文人们便将此草命名为"康成书带草"。"诗仙"李白有诗云："书带留青草，琴堂幂素尘。"宋代苏轼亦有诗云："雨昏石砚寒云色，风动牙签乱叶声。庭下已生书带草，使君疑是郑康成。"自此，此草随之身价陡增，一跃成为文人之象征。

威海一带的寺院、祠堂、学宫和士绅庭院多栽植此草，以供人观赏。是书带草成就了郑玄的这段美谈，还是郑玄成就了书带草的美名？

文登设县，给当地带来的最大益处是县学的建立。有了县学，本县子弟便可就近读经书、习礼仪、学祭祀、备科考。而学宫则是县学的基础设施，是办学的必备条件。金元时期，威海境内的文化、经济，在宋代的基础上继续发展，科举亦取得了长足的进步。郭长倩便是诸多学子中的杰出代表，他是文登人，金皇统六年（1146）经义乙科进士。他的岳父郝俊彦的弟弟，则为大名鼎鼎的道教"全真七子"之一的郝大通。郭长倩携妻到真定上任，路过赵州时，不期与其叔丈人郝大通相遇。原来郝大通已在赵州桥边居住了数月。他乡遇亲人，郭长倩与妻子喜出望外。有资料记载，郭长倩与妻子对郝大通礼遇有加，并赠以厚重物品。可是郝大通却不近人情，"对其若不相识，一无所受"。郝大通的不近人情，倒说明他真的是不食人间烟火，很像"仙人"。

二人一为地方儒学的代表人物，学而优则仕；一为道教的代表人物，潜心修行。因郭长倩在学坛上有"泰山北斗"的声望，东西南北的文人名士经常和他交往，文登地方文化的影响随之扩大至全国，同时，这也带动了当地士人潜心钻研儒学的风行。文登又一次迎来了文化的繁荣期。

清光绪年间的《文登县志》中记载：计邑中进士之盛有二，一为金世宗大定间，同时题名学宫者二十有一人；一为国朝顺治乙未科，一榜共得七人。斯皆山川之灵，偶然翕聚，数百年而一遇也！学宫之事已成为地方主政者与士人心心念念的大事。

金大定九年（1169）秋，李大成任文登县县令。第二年，政通人和，李大成遂与当地士绅商量重建学宫，愿率先捐出一年的官俸。士绅群起而动，纷纷捐资出力，宏大的学宫建设工程随即拉开了序幕。历时两年，一座学宫煌煌屹立于敝旧的县衙之东。当时，在京为官的郭长倩为新建的学宫写下了碑文《新修文登县学记》，记述了文登士人崇文尚学、薪火相传的文化脉络。此学宫成为文登的文化地标和士人心中的圣地，文登崇儒尚学之风愈加浓厚，科举人才培养成效显著，文化望族越来越多。儒学东渐与文登当地固有的崇文尚学之风完美契合。也可以说文登浓郁的崇文尚学之风，吸引来了儒学东渐，而儒学东渐又使得文登士人崇文尚学蔚然成风。

3. 荣成卫学

因"卫"而设学

地处山东半岛最东端的荣成，在明代时曾设置了两卫：一是成山卫，位于现在的成山镇境内；一是靖海卫，位于现在的人和镇境内。两卫及下面设置的所、寨等军事机构，对防御倭寇的侵扰发挥了重大作用。而随着卫所制度的建立，荣成的教育也随之出现了一种特殊机制，人们称之为"卫学"。

所谓"卫学"，亦即"卫儒学"，是指官方在卫所所在地兴办的，专门教授武官子弟，使其能通过科举考试而入仕的学校。掌管卫学的官员被称为"教授"，辅助管理者被称为"训导"，这两者皆由官方委任。卫学的学员被称为"生员"，生员有廪生、增生和附生。这三者名额分配如下：廪生一般为二十名，增生为二十名，附生灵活一些，名额不定。主要课程包括礼（经、史、律、诏、礼仪等）、射（射箭）、书（书法）、数（算术）。卫学的学员最初是由世袭的官员及其他武官子弟组成，后来招生范围放宽，老百姓中的优秀子弟凭通文也可入学。

明代，荣成因有两卫而设有两处卫学。成山卫学宫，最初由举人王贤上奏请建，至三奏而获准。明宣德二年（1427），在卫所的西北部、姓沈的大户人家的宅地处建大成殿一座，东西两斋，春秋祭奠，这里可算是卫学宫的地址了。天顺五年（1461），旧殿有些破败，又修葺了一番。嘉靖四年（1525），时任卫指挥的刘岱认为原学宫地势太低，"非建学之处"，遂将学宫迁到了卫所东门路北处。明末天启七年（1627），学宫再一次搬迁，迁到了卫治的西南之处，修建学宫所用之资多由当地乡绅捐赠。清初，又重修了卫学宫，并建造了名宦与乡贤祠。

靖海卫学的设立较成山卫学稍晚一些。明正统四年（1439），卫指挥潘兴开始创立卫学。嘉靖年间，时任兵巡道的冯时雍修缮了原学宫。顺治年间，卫学教授周之翰建战门修潘池，以显振兴学业之意。清朝初期，守备叶植与教授马负图将自己的俸禄捐了出来，再一次对卫学宫进行了修缮。到了雍正十三年（1735），靖海卫被撤，原卫学学员并入了海阳县学。

荣成的卫学并未因雍正年间撤卫设县而消失，而是由卫学转入了更为健全、更为成熟的县学。设置县学之后，随之创立了书院，由此则完成了教育由原来的初级启蒙向较高层次的"造士"的转变。

县学是官方在境内设立的县级学校，是秀才学习礼仪的场所。在荣成设县、拥有了县学后，原来卫学的学员也并入了荣成县学，后在乾隆年间转到了文登县学。县学的生员，由知县主持考试录入。管理县学的教官被称为"教谕"，郯城的举人王橡曾任荣成教谕十七年，为科举做了大量的工作。在县学的基础上，荣成还在嘉庆年间开设了成山书院，书院的管理者被称为"山长"，由县府招聘的名儒担任。书院既设文科，也有武科。荣成通过兴办各式各样的教育，培养了大批人才，名人学士层出不穷。还有不少外来的著名文人隐居于此研究学问，如董樵在明末清初时就隐居于现在的俚岛镇王家山村一带，且长达四十年。他学问深厚，品行高洁，具有民族主义情怀，被著名诗人王士祯称为"东海高士"。

到了民国年间，荣成县学及新兴的学校更是培养了大量在国内外都有重大影响的人物，如教育家鞠思敏、革命义士刘培源，还有曹漫之、谷牧、李耀文等。

4. 龙石晒字

尚学的黄氏兄弟

昆嵛山的南坡上有一个如童话般的小山村，名叫"晒字村"。这个村名是不是很有意思？难道字是可以晒的？传说，秦始皇东巡经过此处时，因有人在"龙石晒字"而虚惊一场，此地也因此得"晒字"之名。

相传，秦统一天下前，有黄氏兄弟二人因躲避连年战乱从都城逃了出来。几经周折，他们来到了"仙山之祖"昆嵛山，在这个几乎与世隔绝之地落脚，筑茅屋而居。黄氏兄弟和家人与当地人一样，艰难地开荒种田以果腹，辛苦地纺线织布以遮体。他们原是读书之人，无论生活环境何等艰难，崇文尚学是他们不变的追求，读书明理是他们人生的终极目标。在艰难的生存环境中，他们日出而作，日息而读，不仅读那些自外地带来的竹简木牍，也用树枝蘸着调和的彩色岩石粉，将诗文字画写绘在树皮之上，以传教儿孙。

写绘在树皮上的字画易霉烂，为长久保存，每逢艳阳天，兄弟俩便将带有诗文字画的树皮自茅舍搬出，摆在门前一块名为"龙石"的大石头上晾晒。那几日，黄家兄弟连着几晚皆梦见有猛虎进山，直扑他们的茅舍，将其保存的树皮字画撕咬毁尽。黄家兄弟心惊肉跳，觉得此乃凶兆，便商定逃离此地。

第二天恰好风清日丽，全家老小一起把带有诗文字画的树皮搬到龙石上晾晒，准备带走。正午时分，山西面的官道上突然尘土飞扬，只见旌旗伞扇遮天蔽日……黄氏兄弟哪知，竟是始皇帝东巡的仪仗队路过此地。

没想到这东夷之地竟山峰峥嵘，云雾缭绕，古木参天，如同仙境。秦始皇喝停车驾，下辇步行，要好好赏玩一番。

看着山间威武的军队一步步逼近，比猛虎扑来更令人惧骇，山上的黄氏兄弟仓皇地收拾好字画想要逃跑。慌乱间，脚下的石块自山上滚落。圣驾受惊，护卫的兵将自然是剑拔弩张。莫非有反叛的队伍或刺客潜伏在此？

丞相李斯当即命一队护卫搜山捉拿"刺客"！一队护卫即刻飞奔到山上，他们发现了抱着一卷卷树皮正要逃跑的黄氏兄弟，遂将其擒拿。丞相李斯上前进行了一番审问，原来黄氏兄弟并无暗害秦始皇之意，只是见虎贲之师开来惶恐逃命而已。

李斯又喝问黄氏兄弟道："既是惶恐逃命，为何连茅舍中的粮食、衣物等都不顾，却要携带这一卷卷树皮而逃？"

黄氏兄弟答道："衣服没了可再织，粮食没了可再种，诗文一旦被毁弃，罪莫大焉，保全了性命又如何？"

李斯心中暗想："山野村夫能识字？何谈诗文？诗文又从何而来？"黄氏兄弟仿佛看透了李斯的心思，答道："我兄弟二人虽居山野幽谷，贫寒度日，却不敢一日不读圣贤之书，"说着便打开了写绘着诗文字画的树皮，"这些是我们这几年间在此写就的诗文，今日正将其放在门前的龙石上翻晒。"

李斯既惊且喜，忙将这些树皮上的诗文字画呈给秦始皇御览，同时将黄氏兄弟请到了皇帝面前。

秦始皇看后更是龙心大悦，禁不住连声称赞道："好字迹，好诗文！好个龙石晒字！好一对崇文尚学的兄弟！"

皇帝金口玉言，自此以后，黄氏兄弟居住的这个寨落，便以"龙石晒字"为名了。

时至今日，"晒字村""晒字镇"仍是威海一带赫赫有名的村镇。之后，秦始皇登上了现威海市文登区城东侧的一座小山——文山，并特地在山上设下了召文台，广召四方贤士歌功颂德。据传黄氏兄弟也在被召见之列，秦始皇想让他们进都城做官。黄氏兄弟过惯了世外桃源般的清静日子，婉拒了圣命，又回到了龙石晒字村耕读。

（三）摩崖石刻

1. 圣经山摩崖石刻

不朽的《道德经》

位于山东省文登区葛家镇西于村北的圣经山，因一部"石书"而得名，山中的摩崖石刻《道德经》名扬海内外。

相传，公元1167年，王重阳道长云游天下，从陕西终南山到了现威海境内的圣经山。他远观这座山峰，其形貌恰似老子头像，越仔细打量，越感觉活脱脱像老子真临，这令王重阳既惊喜又疑惑，连连称奇。山周云雾缭绕，似有一种不可抗力吸引着王重阳。前面又见石潭花圃、丹灶神炉等，王重阳顿时豁然，当即心坚意定，哪里也不去了，就在此山凿崖刻经、收徒授道。

全真教契遇庵遗址

几年之后，此山上便有了摩崖石刻《道德经》，此山也因此而得名"圣经山"。

圣经山摩崖全真道教文物遗迹主要分布在圣经山，以及圣经山南

130

部的紫金峰两座山峰上，现存的文物遗迹有十一处。最为著名的是《太上老子道德经》摩崖石刻。

《道德经》摩崖石刻

《太上老子道德经》摩崖石刻为世界上最大的道教石刻，距今已有近千年的历史。刻石为完整独立的巨石，横卧在圣经山之巅。刻石高 5.5 米，长 15.6 米，因状如新月，俗称"月牙石"。据最新的研究成果，《太上老子道德经》摩崖刻石由元代全真道士王志真与王道久、朱道明等人共同主持，于延祐七年（1320）初夏五月十五完成刻制。巨石阳面循其凹面阴刻《太上老子道德经》上、下两卷，约六千字，字径约为 10 厘米，颜体楷书，略带魏风。据考，《道德经》的文本接近于元延祐三年赵松雪的手写本，有二百多处不同。2006 年，以《太上老子道德经》摩崖石刻为主要内容的圣经山摩崖，被列为全国重点文物保护单位，并作为主要文物古迹载入《中国名胜词典》和《中国旅游大全》等书。

以《太上老子道德经》刻石为首的圣经山摩崖道教文物遗迹群，见证了道教全真派由发展到壮大的历史，为研究道教全真派的历史提供了重要的实物资料。《太上老子道德经》摩崖石刻，其刻石之大，规模之宏伟，刻工之精细，刻字之多，实属国内少见，对研究金元时期的文化艺术史具有重大意义。

王重阳创立了道教全真派，七个大徒弟大多是胶东人，其中，丘处机还创立了"全真龙门派"。丘处机七十四岁时，自昆嵛山西行三万五千里与成吉思汗会面，劝导成吉思汗"清心寡欲，敬天爱民"，立下了"一言止杀"的不二之功。成吉思汗不但尊丘处机为"神仙"，而且拜其为"国师"，掌管全国道教，使得道教成为元、明两朝的正统教派，兴盛数百年。

2. 槎山千真洞石刻

千尊佛像栩栩如生

千真洞位于荣成市槎山风景区西北方向的清凉顶。千真洞本是一座名为"千佛洞"的佛教石窟，后为全真道所占，改名"千真洞"，全真道还在附近设置了"迁佛洞"，将佛像从千佛洞迁移了过去。千佛洞的变迁表明，不同宗教对神圣空间的争夺，可以通过跨宗教的"取代仪式"实现。其仪式遗存记录了胶东半岛末端佛道之间曾经发生的故事，体现了该地区佛道势力之消长，为宗教关系史及相应的跨宗教仪式史的研究提供了难得的参考价值。

千真洞洞口朝南，有一间房子大小，洞壁上刻满了密密麻麻的佛像，大者如人，小者盈拳，雕工精细，造型逼真，千姿百态，栩栩如生。佛像雕刻有序，左侧九行，右侧八行，洞门两旁各有一尊大佛像，共有998尊，还有两尊则在北山坡一处被称为"上天梯"的侧壁上。称其为"千佛洞"，可谓名副其实。传说，小佛可避难消灾，增加智慧和力量。

《重修槎山开元观》残碑和《靖海卫志》《荣成县志》等

文献中均称，千真洞为"全真七子"之一的王玉阳所开。然而在对洞额拓片上墨的过程中，"千真洞"中间的"真"字与"佛"字惊人地重叠显现了出来，表明该洞现名是从"千佛洞"篡改而来。进一步考察发现，千真洞下方山坡上有一处自然洞室，题名"迁佛洞"。该洞为千真洞隐含历史变迁的推断提供了证据，即该洞本为佛教石窟，全真道信徒占据后，将其更名为"千真洞"。

千真洞背后隐藏的整个历史线索，自此浮出水面：至正元年（1341）以前，已有槎山千佛洞；万历四年（1576）以前，千佛洞有名无题；万历二十二年（1594），犹称"千佛洞"，因佛教已经式微，清代方志转述其事时笼统以"庙"称之；至清顺治六年（1649），方见关于"千真洞"之名的记载。因此，"千佛洞"改名为"千真洞"应在 1594 年至 1649 年之间。加上"迁佛洞"题刻时间为丁卯年，可推断应为明天启七年（1627）。自此而有"迁佛洞"，"千佛洞"乃为道门所占并被改名。所谓"玉阳以钵完成"的千真洞神话，盖亦始乎此。

3. 圣水观摩崖石像
王玉阳的印记

圣水观是中国道教全真派的发祥地之一，位于荣成市崖西镇，因观内有圣泉而得名。"全真七子"之一的王玉阳于公元 1164 年在此定观传教，距今已有八百多年的历史。王玉阳曾在这里演习道法，为圣水观开山师祖。这里树茂林丰，鸟语花香，冬无严寒，夏无酷暑。更有令人称奇的千年银杏树、连心树，有雄伟壮观的庙宇、亭阁，有甘甜的圣水，还有刺天欲倾的飞仙石、高高的万寿塔。这里流传着八仙护圣泉、龟驮天书等许多美丽的神话与传说。

这里风光秀丽，天然景观达三十余处。悬崖峭壁上还有多处先人文迹。洞天福地，峰岚叠翠，松竹塔亭，奇石古洞。起浮的千米索道可穿越松槐林海，游客可将四千余亩的森林自然保护区尽收眼底。

通过明朝万历年间阁士选撰写的《王玉阳传》，特别是1992年重修时，由旧址下挖掘出的一块刻有"重修玉清宫记"的碑记，人们对圣水观的历史背景有了大致的了解。公元1157年，王玉阳云游至此，只见山外天寒地冻，而此处却溪水潺潺，草青树茂，遂建观于此，现仍存有王玉阳自凿的打坐石屋和充满真气的玉清宫。公元1167年，王重阳东来传教，创立了全真派，王玉阳离开此观，到昆嵛山烟霞洞拜王重阳为师。

王玉阳当年主要活动在昆嵛山一带，此外，他还在荣成南边的铁槎山附近修行长达到九年。

王玉阳在圣水观还留下了一个传说故事，这个故事至今仍为人们津津乐道。古时圣水观的水洞前有一大石，伸出数丈向下倾斜，洞口狭窄，汲水不便，向上仰视，又令人恐惧。众人商议，将巨石凿去。十多名道徒用錾子、大锤攻之数日，仅凿去百分之一，巨石仍岿然不动。王玉阳看到后笑着说："汝等安能办此？"他让道徒取来大锤，自己则脱去道袍，绕巨石转了一圈，然后站立在巨石旁，吐纳真气，运锤三击，声若雷霆，巨石轰隆隆滚下山崖，洞口豁然开朗。王玉阳的神功令众道徒目瞪口呆，啧啧称赞。

王玉阳离开圣水观后，他的弟子孙道古等铭记恩师教诲，悉心修道，传经送宝。从那时起，这里便成为古圣先贤的隐居之地和道士的洞天福地。

游览圣水观时，攀上那三十三级直冲云霄的青石台阶，来到灵霄宝殿前，可将圣水观的全景尽收眼底。这里四面环山，实乃风水宝地，难怪王玉阳真人会选择在此修炼。那株枝繁叶茂，且颇具灵性的盛产阴阳果的银杏古树，相传也为王玉阳亲植。多少不远千里慕名而来的客人，只为求一瓶圣水，采一片银杏叶，以求保佑家人健康平安。沿着吕洞宾留下的足迹，"双手攀日上九重"后，映入眼帘的便是长二百六十八米、宽八米的雕梁画栋仿古长廊。长廊随山势而曲折，而升高，青石着阶，黑瓦掩顶，两排红柱牵长廊，与青山碧空相映生辉。

（四）建筑遗址

1. 法华院

"一寺连三国"

威海境内最为特殊的寺院，当属位于荣成市石岛镇北部赤山南麓的法华院。此寺有"一寺连三国"之誉，为威海地区与海外进行佛教交流的名刹。

早在先秦典籍中，就有对赤山浦的记载。在齐桓公时代，就有产自朝鲜半岛的虎豹皮通过航运经赤山浦而进入齐国市场。当然，齐国的物产也会漂洋过海，到朝鲜半岛。这里便成为齐国与朝鲜半岛通商的知名口岸。到了唐代，不少新罗人来大唐考取功名，并接受朝廷的任命，在大唐为官。也有一些新罗普通百姓为生计来到大唐，聚居于石岛湾及胶东半岛其他地区。

新罗人张保皋进入大唐后，不但在唐朝的军队中屡建战功，解甲后依托赤山浦开拓的跨国海上贸易也风生水起。

赤山浦乃天然良港，东南两面濒临黄海，往东可达韩国、日本，往西可达登州、莱州、青州，往南可达扬州、楚州（今江苏淮安）、明州（今浙江宁波），是唐朝与朝鲜半岛及日本进行政治、经济、文化、宗教等往来与交流的重要口岸和通道。张保皋凭此建立起了以赤山浦为中心，主要融通中、日、韩三国货物的海运商业贸易网络。

唐开成三年（838）六月，赤山浦附近的海域驶来一艘载有日本遣唐使的航船，日本高僧圆仁和尚随此船前来大唐求法。他在法华院吃斋，礼佛。次年春天，他由法华院启程，西上五台山求法。公元845年8月27日，他再次回到赤山浦。当时正赶上唐武宗灭佛，法华院已被夷为平地，圆仁只得借住在寺院田庄。

公元847年，圆仁从赤山浦起程，扬帆东渡。他著述的《入唐求法巡礼行记》详细记录了自己在大唐历时九年多求法的过程，被誉为"东洋学界至宝"，在佛教传播史上也起到了重要作用。

圆仁和尚圆寂后，被日本天皇赐予"慈觉大师"的谥号。圆仁和尚在大唐境内目睹了法华院的兴盛与被毁，他经常对弟子说起自己对赤山法华院的怀念。其弟子为纪念他与法华院的缘分，在京都附近也建了一座赤山禅院。

赤山法华院连接了大唐、新罗、日本三国的佛缘，"一寺连三国"，这在世界文化史上和宗教史上都罕有其匹。

2. 无染寺

钱镠捐资始建寺

无染寺，始建于东汉桓帝永康年间。此寺位于谷深涧险、泉林幽绝的昆嵛山南麓，是盛极一时的胶东第一古刹，在威海佛教史上有着特殊的地位。

无染寺与江南的越王钱镠、新罗富商金清却有不解之缘在无染寺的功德碑上，赫然刻有二人的名字。

开平元年（907），梁太祖封钱镠为吴越王兼淮南节度使。吴越国除治理江南大部分地区外，也管辖着江北沿海的渤海州（今黑龙江省宁安县）、新罗州（今朝鲜半岛庆州）等地。

金清为新罗富商，兼任大唐牟平县衙负责接待外事的押衙职务，当时居于文登。在当时的海道上，金清的商船扬帆往来，进行南北贸易，影响远及宁波一带。其贸易区域，大体在吴越国的势力范围内。

为修建无染寺，吴越王钱镠都捐了资，在吴越国的势力范围内做生意，并成为大富商的金清怎能袖手旁观？在多名捐款建寺的官吏中，金清成为捐建无染寺的唯一的外国人。功德碑上，其名字与吴越王并列，想必这也是外域富商难得的尊荣吧。

无染寺历史悠久，盛名久传，却于20世纪毁于兵燹，原址现只存残碑断碣。唯其旁一棵三百多岁的玉兰树，至今仍健旺。

每到花期，一树玉兰花绽放如雪，那随风飘散的郁郁香气，莫不是在追忆当年无染寺的雄伟壮观？

无染寺被毁了，自然没有了住寺的僧人，但几十年间，每到古玉兰树玉片般的花瓣坠落的时节，总能见几位老人操着大扫帚，十分小心地扫起地面上的一片片花瓣，然后如黛玉葬花般郑重地将花瓣掩埋在古寺周围。原来这几位老人是附近村庄的老农，他们隔三岔五就会到古寺的废墟打扫一番，尤其是古玉兰树落花的那些天，他们会天天来此"葬花"，老汉们以这种方式寄托着对古寺的追思。其实这几位老汉与古寺并无瓜葛，之所以如此，是因为他们听从了祖辈传下来的话："无染寺对咱有恩，世世代代不能忘了无染寺。"原来很久很久以前，这一带连着几年闹饥荒，无染寺的住持带着一寺僧众，挨村去接济那些断了炊的人家，救活了不少人。

这无染寺虽已被毁，但其与人为善的精神已浸染了人心，这几位老汉不就如此吗？

3. 六度寺

昆嵛山佛寺之祖

六度寺，既是寺，也是村，因寺而得村名。在六度寺村域内，有古代的两寺一庵——无染寺、六度寺与金水庵。该村还留有许多古代遗迹，如汉永康石刻、唐光华四年无染禅院碑记、清重修无染禅院碑、六度寺残碑、明朱元璋石刻、六度寺神龛等。

"六度"是梵语"波罗蜜多"的意译，另译为"六到彼岸"，意为布施、持戒、忍辱、精进、禅定、智慧。位于昆嵛山主峰泰礴顶东南麓的六度寺，始建于隋朝开皇三年（583），是整个威海地区最早的寺院之一。寺院有正房十间，侧房十六间，住院的僧人最多时达三百多名，唐开元至宣宗年间得以重修。此后历朝又多次修葺，清初毁于战火，现尚存不少遗址与残碑。六度寺原为佛教寺庙，内塑如来佛、观音菩萨神像。寺北山有大石，高约一丈、宽约七尺，仰面平微凹，上有刻字。明洪武七年（1374），住持僧治正大和尚鉴于自古以来碑石屡遭洗劫和破坏，记事不通永代，遂以岩石为碑，刻记六度寺修建和历代修葺始末。与六度寺相邻的金水庵，至今还流传着一个与朱元璋有关的故事。

相传，元末朱元璋在逃亡期间曾经在金水庵借宿。当晚，庵中有人密谋，要杀掉朱元璋。朱元璋得知后，央求一名尼姑设法助他逃走，日后定登门拜谢。尼姑听信了朱元璋的话，便想法将他送走了。朱元璋坐拥天下后，带兵回到了昆嵛山，血洗了金水庵，杀了师太，重谢了那位救他的尼姑。金水庵后因失修而倒塌，大部分被开发为耕地，部分庵座地基仍在。1970年，界石镇六度寺村在金水庵西五十米处建了四间房屋，养殖"青花羊"。又传，当年明朝开国皇帝朱元璋曾与六度寺和尚治正一起，在一块大石上饮酒。之后这块大石上被刻上了"安伏宴坐"四个字，可惜此大石早已被劈用，今仅剩下一小部分。在此石的南边有治正和尚的坟墓，墓室早年被挖开过，墓室北墙上刻有四个一尺见方的大字"师大公正"。后来，墓室又被填埋，这四个字也因被埋入地下而保存下来。

另外，还有一个与王母娘娘有关的故事，也在昆嵛山一带广为传颂。相传王母娘娘有七个天仙女儿，其中一个因贪恋人间的美好生活而私结凡缘，嫁给了董永。王母娘娘对此非常生气，对余下的几个女儿严加管教和防范，她们每到一处游玩观光时，王母娘娘必施展法术高筑深墙，将她们圈住。而在昆嵛山下的六度寺，也有王母娘娘的传说。从山巅俯瞰，六度寺被群山环抱，特别是北边的山峰，绕村形成半圆形，山石裸露，其势高而陡峭，形似高墙林立。当地就传说那是王母娘娘建的"王母墙"，并有民谚流传："王母墙，王母墙，六度寺人里面藏，谁能跳到墙外去，不成神仙成名将。"相传，这里的每座山、每道梁、每处景几乎都与王母娘娘有关。最为当地百姓所熟知的，当为一著名的水潭，那便是"王母娘娘的洗脚盆"，相传因王母娘娘在此洗脚而得名。

如今，六度寺村已成为重要的旅游景点。2021年，在山东省文化和旅游厅发布的全省乡村旅游重点村和第二批山东省景区化村庄的公示名单中，六度寺村都赫然在册。

4. 莲花院

石幢刻记传久远

莲花院在原文登城东北一里。据光绪年间的《文登县志》载："院之西南，有唐景福二年和尚皈敬石幢。"由此可知，莲花院建于唐昭宗景福二年以前。石幢，经幢的一种，有座有盖，状如塔。莲花院的石幢呈八面，东、南两面刻有《幢记》，以及官绅们的题名；其余六面刻有佛经，其中西面的刻字已被剥蚀，其他五面上的刻字皆完好无损。石幢是古代佛教的标志物，莲花院石幢刻记给我们留下了许多珍贵的历史信息，是研究文登历史的重要资料。

《幢记》主要记述了皈敬和尚（844—891）的经历，皈敬和尚"挂锡昆峰，久历岁月"。这八个字说明皈敬和尚在昆嵛山修行了多年。这进一步说明唐时昆嵛山上佛教盛行，很早即建有寺庙。特别应指出的是，此处的"昆峰"指无染寺，其他寺院因离昆嵛山的泰礴顶较远，不可能被称为"昆峰"。由此也证实，无染寺的建寺时间至少早于唐武宗会昌年间（841—846）。

莲花院的始建时间、为谁建造、由谁主持建造等问题都很难详证，但皈敬和尚晚年才来到莲花院，莲花院的僧人都自称为"皈敬的门人（徒弟）"。皈敬和尚于大顺二年（891）圆寂后，他的徒弟们为他打造了石幢，幢座和幢顶都刻着莲花图案。其弟子"舍兹所有"，"召良匠凿嘉山，穿厚地而取奇石，剪长林而出珍材"，"役百千人功"，用时"半一之岁"，为皈敬大师建造了这座石幢。从史料中可见，建造此座石幢工程之大、用料之精、工匠之众。

石幢刻记名为《陀罗尼经幢记》，又称《皈敬和尚石幢幢文》，全文仅有几百字，却将皈敬大师的生平事迹及圆寂后弟子们为他建造石幢的情形等陈述得精练而得体。其文练达，其字秀美，气势雄健，风格清新，毫无魏晋以来骈文的浮华之风，颇具唐代韩愈、柳宗元倡导的"文以载道"的特点。其中有"乃卜县之艮位，置院之坤宫"的记载，可以确定莲花院当时的方位就是在县城东北部，皈敬就葬于莲花院的西南部。

石幢刻有官绅的姓名。从这些刻字中可知，当时文登县的官吏分别为：县令、主簿、县尉、司衙司、司功司、差料司、司户司、司仓、司法、司士、两税使等。一个较完整的基层衙门机构，以及各部门的设置皆被刻于幢上。唐史中所记的官吏几乎全是带品级的，至于基层衙门机构的设置状况，特别是无品级的吏员，在史书中很难见到。此幢填补了此领域的空白，为考察唐时基层职官、绅耆状况提供了可靠的依据，为研究唐史和文登地方史提供了宝贵的资料。

幢上还提到了两税使，刻记了官员名。由此可知，唐代自实行两税法之后，在基层设有专门收取两税的佐吏。这对研究者来说，也是很有价值的信息。两税法是唐德宗时宰相杨炎提出的赋税改革法，公元780年，唐德宗开始实施。因分别在夏、秋两季征税，故称"两税法"。这种税法直至明代实行张居正的"一条鞭法"之后才改变，是中国历史上最重要的税法之一。在县级设有两税使，是这座石幢给我们提供的信息。

可惜这座石幢早已不见。1959 年建水库大坝时，石幢遭到破坏。一说碑石被劈开，用来铺了猪圈底；一说石幢被埋在了水库大坝之下。

6. 环翠楼

诗赋叠翠

要问威海最具有历史文化气息的地标性建筑是什么，人们大都会不约而同地回答：环翠楼。

环翠楼坐落在威海市区西奈古山东麓，始建于明弘治二年（1489）。明代巡察副使赵鹤龄重修了威海卫城墙，指挥使王凯等人感念其功德，捐俸建楼以示纪念。

环翠楼倚山而建，呈上升趋势，占地三百多亩。因其楼阁被群山环抱、翠绿环绕，且兼具沧海山川之胜、水光山色之美，遂以"环翠"名之。登楼远眺，海空一碧，隔海相望刘公岛，街市美景尽收眼底，令人赏心悦目。随着威海市化的推进，环翠楼公园内又增添了一些

南溪聚浣

现代化健身娱乐场所和游乐设施，为游客提供了一个舒适的娱乐环境。园内古树参天，各处分布着许多稀有物种，如流芳、百日红等。

环翠楼公园是一个四季皆宜的旅游场所，园内树木四季常青，花开三季。在炎热的夏季，那里是一个乘凉、观赏、游玩的好去处；中秋时，在那里赏月别有风趣；而在严冬，大雪下的环翠楼又是一番景象。

夜晚的环翠楼被灯光披上了一层神秘、美丽的外衣。翠绿的古松，朱红的楼阁，仿佛在灯光中飘逸游动，如梦如幻，宛若仙境。登上环翠楼放眼远眺，威海市貌尽收眼底，在环翠楼上观海上日出，尤为世人所称道，"山楼初旭"为威海八景之一。

环翠楼是一座与刘公岛隔海相望的古建筑。中日甲午战争以后，威海人民为了缅怀在战争中英勇殉国的英烈，在环翠楼上供奉了他们的牌位。1939 年 8 月 20 日的《申报》中曾记载："威海卫有一环翠楼，楼上中堂供奉着丁汝昌、邓世昌等爱国将领木主和肖像"。1934 年 5 月，著名爱国将领冯玉祥将军前往设有邓世昌、丁汝昌等人牌位的威海环翠楼凭吊时，写下了一副楹联："劲节励冰霜，对万顷碧涛，凭此丹心垂世教；登临余感慨，望中原戎马，擎将热泪拜乡贤。"

1986 年 9 月 16 日，山东省威海市人民政府和人民群众在环翠楼公园前举行了民族英雄邓世昌铜像揭幕仪式。这座铜像重 3.5 吨，底座由大理石砌成，形似"致远"舰首，连同底座高 10.2 米。邓世昌身穿披风，表情深沉，双手按着一把长长的带鞘的宝剑，十分威严。环翠楼公园广场很是开阔，绿草如茵，游人无不在邓世昌高大的铜像前凝神仰望，在此凭吊留念。

2009 年，威海市人民政府启动了环翠楼公园改造工程，这也是历史上第五次整修环翠楼。改造后的公园，东起统一路，西至古山五巷；南起古寨南路，北至昆明路。分为历史文化展示区、自然体验游赏区、民俗风情街区和娱乐活动健身区，主要景观有环翠楼广场、环翠楼、环翠书院、盆景园、山顶会所和古城墙遗址等。环翠楼成为威海人民登高望远、休息娱乐、锻炼身体的好地方，也是外地游客来威观光的重要游览之地。

自环翠楼始建至今，无数文人墨客登临此处，留下了许多诗词佳句。如赵鹤龄的《登环翠楼（二十韵）》："威城楼枕翠微巅，环翠名楼一匾悬。百尺峻赠台奈古，数层缥缈阁凌烟。栋梁金碧翚仍革，斗拱玲珑丽且坚。明净八窗纷洞达，清虚一榻绝尘缘。"清代曾任福建巡抚的王仕任，祖籍威海，他对故乡的山水更情有独钟，他在《山楼初旭》中咏道："环翠山前倚画楼，瞳瞳晓日望中收。天边烂漫云霞映，海上苍茫岛屿浮，曙色开时穿宝树，晴光遥处映沙鸥。登临欲访刘公迹，芦荻萧萧碧水流。"古往今来，赞美描写环翠楼的诗赋不胜枚举。

建筑古色古香，楼台亭阁相映，花草树木簇拥，人们登高远望，表达着环翠楼的留恋与对历史的沉思。

（五）近现代遗址

1. 水师提督署

刘公岛上的烙印

北洋海军的提督署、大本营，就坐落在威海湾的刘公岛上。

名扬海内外的刘公岛位于威海湾口，距威海市区的旅游码头约3.89公里。它面临黄海，背接威海湾，素有"东隅屏藩""海上桃源"和"不沉的战舰"之称。刘公岛北陡南缓，面积为3.15平方公里，全岛植被茂密，郁郁葱葱。刘公岛虽小，却是中国近代海权思想的萌芽之地，更是北洋海军的基地、大本营。

19世纪，在西方列强的坚船利炮面前，中国落后的海防脆弱到不堪一击。第一次鸦片战争后，大清帝国终于从天朝上国的虚骄浮梦中清醒了过来，有识之士提出了"师夷之长技以制夷"的思想。第二次鸦片战争后，再次失防的海岸线又将整顿海防的重要性与迫切性血淋淋地呈现在了清政府面前。痛定思痛，为挽救濒危之局，清政府内部的有识之士兴起了旨在学习西方先进技术以自强的"洋务运动"。在曾国藩、李鸿章、左宗棠、沈葆桢等代表人物的努力之下，"洋务运动"得以缓慢推进，中国总算举步维艰地走上了近代化的道路。

左宗棠、沈葆桢等人把培养海军人才作为"师夷"的根本。

时任闽浙总督的左宗棠借助法国的技术支持，在福州郊外的马尾开办了福建船政，并在首任船政大臣沈葆桢的主持下，兴建了福州船政学堂。福州船政学堂采用西方先进的教育模式，先后培养了一千多名海军人才，被称为"中国海军人才之嚆矢"。邓世昌、林永升、林泰曾、刘步蟾、萨镇冰等一大批名扬新军史的海军精英，都出自船政学堂。

1874 年 11 月 5 日，总理衙门大臣奕䜣上奏清廷，请求加大近代化海防建设的力度，对练兵、简器、造船、筹饷、用人、持久等六件海防大事提出了卓有建树的意见。11 月 19 日，广东巡抚张兆栋将在籍养病的原江苏巡抚丁日昌拟写的《海洋水师章程》上奏给了朝廷，清政府又将其下发给朝臣，要求各大臣一并讨论。这场大规模的海防讨论，史称"第一次海防大筹议"。

1875 年，清政府决定在中国沿海以山东为界，山东以北的海防建设统归北洋大臣兼管，山东以南的海防建设则由南洋大臣兼管，南北各筹建一支装备有大型铁甲舰的近代化海军舰队。由此，北洋海军的建设终于开始了实际运作。时任北洋大臣、直隶总督的李鸿章，具体分管北洋舰队的筹建工作，将组建中的近代化舰队暂定名为"北洋水师"。

要组建近代化的水师，最关键的当然在于领兵的将帅。李鸿章只好异地借才，从福建船政及其附设的学堂和海军军官中选拔优秀人才。如刘步蟾、林曾泰、邓世昌、林永升、萨镇冰等人，被调入了北洋水师，成为北洋海军的中高级将领。战功卓著且善于驭下的安徽庐江将领丁汝昌为北洋水师的统帅。

1888 年末，威海湾刘公岛上旌旗猎猎，鼓乐阵阵，北洋海军正式建军，北洋海军的提督署（又称"水师衙门"）就设在了岛上，刘公岛正式成为北洋海军的指挥中心。根据《北洋海军章程》的规定，北洋海军提督在刘公岛上设立提督署，由此确立了威海卫作为北洋海军司令部所在地的独特地位，也全面拉开了将威海卫建设成近代化海防要塞的序幕。

2. 三大炮台群

硝烟伴呜咽

北洋水师在刘公岛上成军前后，刘公岛上及其附近就建起了要塞炮台群，主要有：旗顶山炮台、东泓炮台、南嘴炮台、黄岛炮台、迎门洞炮台、麻井子炮台。各个炮台布局紧密，遥相呼应，根据各个炮台的功能，部署了不同数量和口径的火炮，可以形成交叉的对海火力覆盖。

旗顶山炮台位于刘公岛的制高点，规模宏大，可以对海、对地进行打击。装备四门口径为 240 毫米、被称为"世界炮王"的德国克虏伯大炮，此炮长 13.965 米，有效射程为 6460 米，360 度射角，如果装填穿甲弹，可以在 3 公里内击穿甲板，射速为每分钟 2 发。此炮台可以封锁威海卫的南北出海口，也可以协防其他的炮台。

东泓炮台位于刘公岛的最东端，占地面积为 10000 平方米，1890 年建成，炮台的总设计师是德国人汉纳根。炮台由地上炮位工事和地下掩体两部分组成，共计十四门火炮。炮台火力可覆盖刘公岛东部海面与南北两海口，并与日岛及南帮炮台形成交叉火力，共同封锁威海湾南口。

南嘴炮台在刘公岛的东南，距离东泓炮台约五百米，主要功能是协防东泓炮台，修建有长约千米的防护墙，以防御敌人从海上由此登陆。

黄岛炮台位于刘公岛的最西端，修筑有炮台、坑道及兵舍，主要功能是封锁威海卫东北口海域。现在只有炮基尚存，地下工事保存完好。威海卫海防体系可分为陆上的南北两岸、海上的刘公岛及日岛两大部分。

威海湾南岸，分布着龙庙嘴、鹿角嘴、皂埠嘴三处海岸炮台群。这三处炮台群与海中的日岛炮台和刘公岛炮台互相配合，形成足以封锁威海湾南入口的火力网。

除在刘公岛构建了大量的炮台设施外，为加强海湾防御，在威海湾南北海口中均布设了大量的水雷。这些水雷多为当时先进的电发型，即水雷通过电线与岸上的控制站相连，控制站可视海面敌情，随时接通电流引爆水雷。

日军于龙须岛登陆的当天，就攻占了荣成县城，接着就开始了对威海湾南岸炮台群的进攻。驻守在威海湾南岸的绥军、巩军本就兵力不多，在前哨战中又遭受了较大损失。日军实施各个击破的策略，于1月30日占领了南岸全部炮台。

在保卫炮台的战斗中，北洋海军舰只曾驶近岸边，用舰炮支援陆军作战，给日军造成了一定的杀伤，击毙了日军第六师团第十一旅团长、陆军少将大寺安纯。

南岸炮台失守，北岸炮台亦岌岌可危。为防止日军占领北岸炮台，丁汝昌不得不忍痛下令将北岸炮台的火炮全部毁坏，以免资敌。同一天，日军占领了威海卫城。

陷入日军海陆火力合围中的北洋海军，依托刘公岛、日岛炮台及威海湾南北入口的水防线，利用残存不多的舰只，展开了悲壮的刘公岛保卫战。在占领威海湾南岸炮台后的第二天，日本联合舰队就从海上对威海湾发起了攻势，但被北洋海军舰艇和刘公岛、日岛炮台上的火力击退。

被日军攻占后的摩天岭炮台

被日军焚毁的环翠楼

1895年2月3日，日本联合舰队集中优势兵力，再度向威海湾猛扑，仍然被北洋海军顽强地击退。此后，日本舰队改变了战术，放弃了正面进攻，而是派出鱼雷艇，利用夜幕偷偷进入威海湾发动袭击。北洋海军残存的主力舰"定远"号、"靖远"号、"经远"号、"威远"号等相继罹难。在此后一周多的艰苦血战中，日岛炮台也相继沦陷。

3. 水师学堂

为海战育人才

在经历了两次鸦片战争，被列强的坚船利炮打击了三十多年后，清廷终于下定决心组建自己的近代化海军——建立一支具有强大战斗力的海军。初建的北洋水师更是迫切需要一个大学堂，作为海军人才培训和舰船修养的基地，威海水师学堂应运而生。

1889 年，刘公岛北洋海军威海水师学堂在威海市刘公岛的西端创办，这是清政府继福州船政学堂、天津水师学堂、广东水陆学堂之后创办的第四所培训海军军官的学堂。威海水师学堂共建房屋七十间，占地面积近两万平方米，花费购地银、工料银近万两。

1889 年冬，北洋舰队照例到南方操练巡航，顺便为威海水师学堂招收学生。由于北洋海军军官多是福建人，所招的学生也以闽籍居多，平均年龄在十五至十八岁。这次招生除招了三十六名正式学员外，还招收了十名自费生。他们随舰队到达威海基地后，于 1890 年 6 月 3 日在威海水师学堂正式开课。

威海水师学堂开办后，只设驾驶专业，由提督丁汝昌兼任学堂总办，下设委员、提调、总教习、洋文教习各一名，汉文教习两名，配有"敏捷""康济""威远""海镜"四条训练船。

内堂课目有国文、英文、国家读本（外国地理、中国历史、中国地理）、数学（代数、几何、立体几何、平弧几何）、物理、化学、天文学、航海学、电学实验、磁学实验、海上测绘、鱼雷学、水雷学、静力学等。

外场课目有单人教练、步兵操法、舰炮操法、体操、劈剑刺枪、信号学、船艺、成队教练、成营教练、野外演习、弹道学、实弹射击、枪炮法理、火器学、游泳、舢板操练、升桅操练等。

令人遗憾的是，水师学堂跟北洋海军的命运一样，在中日甲午战争中被毁。战后，部分学生转入天津水师学堂继续学习。

另外，清光绪十七年（1891），为了培养亟须的舰艇枪炮和陆上枪炮官兵，经北洋海军提督丁汝昌提议，驻威海卫的绥军、巩军统领戴宗骞呈请李鸿章上报朝廷，在金线顶设立武备学堂，又称"枪炮学堂"。

威海湾畔的金线顶因有一道黄色石线贯穿整个山丘而得名"金线顶"，该处海拔达46.6米，北东南三面临海，与刘公岛隔海相望，遥相呼应，西面与陆地相接。这里地理位置特殊，并处在海岸制高点上，因而备受兵家重视。

学堂建制基本参照1885年李鸿章在天津设立的北洋武备学堂，学制两年，招募十六至十八岁的青年。自开始筹建至停办，前后不足五年，共计培养了六十名学员。学员以安徽、山东和广东籍为主。毕业后多数学员被分配到了舰艇上，少数学员被分配到了海岸炮台。

北洋水师提督丁汝昌曾任学堂总办，美国人马吉芬也曾执教于该学堂，杨用霖、刘步蟾等甲午海战英烈都曾在这里授过课。从刘公岛水师学堂毕业的第一届四十六名学员都曾在这里接受过半年的枪炮技术培训。

威海武备学堂虽然存在时间不长，但作为中国最早培养枪炮技术人才的专业军事学校之一，它在中国军事教育史和北洋军事发展史上具有重要的地位。

如今，威海武备学堂的遗迹早已无处寻觅，那片区域现成为威海二中的北校区。中华人民共和国第五任空军司令员、一级战斗英雄、2020年度"感动中国"人物王海，以及沦陷区著名作家毕基初都曾求学于此。

水师学堂共开办了四年，仅有一届毕业生，共四十六人。毕业生中有多人后来成为民国时期的海军高级将领。

吴纫礼系威海水师学堂毕业，1897年，任"海圻"巡洋舰协长。1902年，任保定陆军学校教训处检阅股委员及英法文总教习。1915年9月29日，晋授海军少将。1947年，被国民政府授为海军中将。新中国成立后，曾任安徽省委委员、全国政协委员等职。

罗开榜历任"北京政府"陆军部次长、代理陆军部总长，中将军衔；1920年，任段祺瑞组建的定国军总参谋长；1924年，任段祺瑞执政的"中华民国"临时府高参。另外，杨教修、崔富文、李圣传均在海军服役，后来也成为著名的海军将领。

1895年至1944年，威海水师学堂先后被英国和日本侵略者霸占。新中国成立后，学堂为中国人民解放军海军管理使用，现存有东西辕门、照壁、小戏楼、旗杆座和英国皇家海军陆战队营房、军官宿舍等。该学堂是我国目前唯一有迹可循的清代海军学校，1988年被国务院确定为全国重点文物保护单位。

4. 东楮岛村

文化名村

在山东半岛最东端的荣成，近千里的海岸线上散落着一个个傍海而居的美丽村庄，而在石岛管理区辖内的东楮岛村尤其著名。该村于 2007 年 6 月 9 日被授予"中国历史文化名村"的称号。2012 年，入选首批中国传统村落名录。2019 年，该村入选首批全国乡村旅游重点村名单，也是中央财政支持范围内的第一批传统村落中的一员。

这样一个享誉神州大地的海边名村，其起源竟然与日韩两国有些关联。在明朝万历年间，当时日本的实际统治者丰臣秀吉极力向外扩张。1592 年，他派遣九万大军，对朝鲜发动了侵略战争，由此开始了长达七年之久的"壬辰倭乱"。这场战争给朝鲜人民带来了无尽的灾难，人民流离失所，不少朝鲜百姓被迫浮海外逃。其中，有一艘外逃船只遭遇大风袭击，被刮到了今东楮岛的南海边上。当地百姓接纳并接济了这些来自朝鲜的难民。他们在东楮岛上安顿下来后，为感谢上苍的佑护及当地百姓的救助，就在那里建了祭祀海神的庙宇，并在四周遍植楮树。经年累月，那些生命力顽强的楮树衍生开来，成为这座小村的标志。

之后，原居住在今宁津村的芦氏先民迁徙于此。新村位于楮岛，故以岛命名，东楮岛村一名由此而来。清朝顺治年间（1644—1661），毕氏祖启财、启善由今东山镇柳树村，王氏祖芝瑚、芝兰由今宁津所东王家村相继迁此居住。后芦氏外迁，但仍沿用原名楮岛。而在这个村庄形成之前，还有一个传说，这个传说竟与大宋的两个著名人物有关。东楮岛南海湾有处海礁，名为"老马山"。祖籍今斥山火塘寨的杨家，发现老马山是块风水宝地，就派武艺高强的赵得鱼把祖先的骨殖迁葬于此。赵得鱼受命后，回家禀告了母亲，母亲就把赵得鱼父亲的骨殖夹在了糠饼里，交给了赵得鱼，准备偷梁换柱，占有风水宝地。据传赵得鱼能用腮呼吸，有两栖的本领。赵得鱼来到老马山后，先把父亲的骨殖投进了老马山上的石龙之口。不想这石龙即刻闭口，不再张口了。任赵得鱼再怎么掘撬，就是打不开。他无奈之下，只好把杨家祖先的骨殖挂在了龙角上。相传，就是因此，杨家出了个"挂角将军"杨继业，而赵家则出了个大宋皇帝赵匡胤。

其实，东楮岛村能够如此有名，成为全国级的文化名村，还在于其独有的民俗特色，也就是成片的海草房。据有关资料统计，全村现有海草房144栋650间，建筑面积为9065平方米，其中最古老的海草房据传始建于清顺治年间，距今有三百多年的历史，有百年以上历史的海草房83栋442间，主要分布在村中。

东楮岛村呈荷花形，地势东高西低。全村住房布局大体分成两部分，村南部为新建的红瓦房和楼房住宅群，村北部为旧有的海草房住宅群。这些海草房是胶东半岛，特别是荣成的海边居民最主要的居住用房，他们就地取材，用晒干的海草糊房。整个房屋结构严谨，布局合理，美观实用，冬暖夏凉，在全世界都可谓是独一无二，极具民族与地方特色，现在已成为非物质文化遗产。

东楮岛村紧靠大海，岛礁滩湾相连点缀，海产品资源丰富，这里的居民世世代代依海而居，靠海而生。如今，村庄百姓安居乐业，生活富足，并开展了丰富多彩的旅游活动，以吸引八方来客。远方来客住在海草房里，赶海钓鱼，吃渔家饭，体验渔村的生活，自是一次独特的体验。

5. 烟墩角村

因天鹅而扬名

位于荣成俚岛镇的烟墩角村，是个依山傍海、景色秀丽的小渔村。村东南有一座小山，叫"崮山"。明朝时期，山顶上修了一座烟墩，每当倭寇进村袭扰，哨兵就点燃烽火以传敌情，烟墩角村由此而得名。

烟墩角村本来只是个普通的海边小村，名不见经传，村人世世代代以打鱼为生。但近几十年来，烟墩角村声名鹊起，甚至名扬四海，这只是因为大天鹅的光顾。每到飘雪时节，成群结队的大天鹅就来到这里，在村前碧波荡漾的海湾里，或自在游弋，或追逐戏水，或引吭高歌，或凌空翱翔，或翩翩起舞。来自四面八方的观光客趋之若鹜，每年的冬季到第二年的初春之际，无数的游客、摄影爱好者、画家都纷纷来到此地，只为一睹"白衣仙子"的神美舞姿。当地政府专门设立了荣成大天鹅国家级自然保护区烟墩角管理站，着力保护和改善天鹅湖的生态环境。村民们也自发组成了大天鹅巡护队，天天在海边巡护、救助和投食大天鹅。

每当村民或游客走进海湾投放食物时，大天鹅就不约而同地向岸边涌来，当金色的玉米粒被撒向蓝色的水面和洁净的沙滩时，温文尔雅的大天鹅也都争相飞到游客周围，毫不防范地抢食嬉戏，甚至还配合游人拍摄。海湾的东西各有一条清澈的小溪，干净的淡水源源不断地汇入大海。每年的十一月至来年的三月间，总有数千只野生大天鹅从遥远的西伯利亚飞到这里。人与天鹅和谐相处，海滩也因此多了一道亮丽的风景线，平添了无限生机。由于人们自觉地爱护天鹅，天鹅也与人们建立了浓厚的感情，这里已成为人鸟共处的和谐家园。

烟墩角村是一个濒海的村庄，村子很小，有五百多来户人家，村东的一座小山遮挡住了黄海，形成了一个小小的港湾。这里的人们敦厚善良，世代居住在渔草搭顶、冬暖夏凉的草屋里。这里土地肥沃，海产丰富，尤其是和谐的生态环境为人称道。正是因为多年前村民们注重保护生态，使村子周围的自然环境有所改变，才吸引了大天鹅来这里过冬。生态形成了良性发展。

此外，人们在这片海域大量种植海带，养殖海贝。天鹅和海带共同打响了这里的名声，加之这里的民居以其独特的陡坡屋顶而著名。生态、天鹅、民居相得益彰，使得小小村落名声大噪。

烟墩角村东南方的海面上有座彩石岛，那里的花斑彩石堪称"奇石"。清晨站在西边隔海相望，海岛在逆光中显现出高大的剪影，犹如一头凶猛的野兽。

海水退去，走近彩石岛，仔细观察那些花斑彩石，赤、橙、黄、白、青五种颜色相互融合，协调自然。再看花斑彩石的花纹与线条，曲直流畅，立体感极强，透露着奇异的风骨。其形状像人、像动物、像河流、像山川、像蜂巢，大自然显现出了无穷的魅力和造化。

烟墩角村因为大天鹅的栖息而享誉国内外，村里的民俗旅游也丰富多彩，该村已被列为全国重点旅游村。

四

多彩民俗 天工弄巧

地域文化特色，更多地表现在这个地域的民俗上。具有鲜明地域特色的民俗文化，往往能惊艳世界。声震海疆的石岛大鼓、吼平狂澜的渔民号子、渔民节时隆重的祭海神仪仗，都是极具海洋文化特色的民俗。在这些仪式感强烈的民俗活动中，渔民们以虔诚的心态敬拜着上苍与大海，以及无所不能的海神，从而获得靠海而生的信心、力量与勇气。

威海人们敬祭的"秃尾巴"李龙王、刘公刘母等，虽都属于神话传说中的人物，但这些传说中的神性人物，正源于人们对社会生活中正义、安康的祈愿。而在民间的住宅建筑方面，荣成沿海居民独具匠心地造出了海草房，这在人类房屋建造史上具有创造性的意义。冬暖夏凉的海草房，至今仍受到沿海居民的喜爱，并入选国家级非遗项目。威海锡镶茶具之所以能在数百年前名扬海外，也正是因为它独具地域美学特点；乳山大秧歌的兴起与发展，是当地劳动人民对美好生活追寻的结果；具有海洋地域特色的美食，则来自大海的恩赐……威海，因海而生，因海而兴！

（一）渔家狂欢

1. 石岛大鼓

威声震海疆

威海境内的荣成石岛，东、南两面濒临黄海，与朝鲜半岛、日本列岛隔海相望，为天然良港，是中国北方最大渔港的所在地。它扼控东北亚的海上交通要道，为京津的海上交通咽喉。"一寺连三国"的法华寺就坐落于石岛湾畔。在唐代，新罗人张保皋与日本和尚圆仁就曾在这里生活过，留下了许多动人的故事。

孙中山先生的《建国方略》中，有两处提到石岛，由此可见石岛地理位置的特殊和重要。石岛渔家大鼓久负盛名，是荣成南部渔民在战天斗海的渔业生产活动中创造的一种庆典锣鼓；是石岛沿海渔民在特有的人文历史环境中，在长期的海上生产生活的过程中形成的别具特色的一种艺术表现形式，具有广泛的群众性和民间传承性。石岛渔家大鼓以历史悠久、

大鱼岛鼓队

161

苍劲恢宏、气势磅礴、思想内涵博大、表现独特而闻名于海内外。石岛渔家大鼓多次被国家和联合国教科文组织誉为"艺术一绝",荣成市被文化部授予"全国渔家锣鼓艺术之乡"的称号,石岛渔家大鼓也被列为省级非物质文化遗产。

石岛大鼓是渔民特有的庆典仪式和表达方式,集中表达了鱼虾满舱、渔船靠岸时人们的喜庆心情。每年的正月初一和十五早饭后,人们约定俗成地以各渔村为单位,自发地组成锣鼓队,从各村出发,沿着石岛主街道行进表演,一直延伸到各渔港码头,并持续到中午。渔民们通过这种方式祈求鱼虾满舱、来年太平,表达了渔民们对新的一年平安丰收的美好期待。

石岛大鼓有着显著的特点,形成了独具特色的石岛渔家锣鼓文化。一是鼓多,阵势大,其表演形式由数百年前的单鼓表演逐步发展完善为多鼓、队鼓、集群方阵鼓表演。当然也可根据主题要求进行单鼓、数鼓及方阵鼓队的表演。表演队形也可根据场地环境灵活变化,有"一"字长蛇形、三角形、方形、弧形、圆形及分组形等,可组成近三十种方阵队形,人数可达二百多人,场面震撼,鼓声震天。二是鼓谱独特,经过长期的历史演变,形成了反映胶东渔民与大海共存、共生、共舞的博大情怀、大海性格与渔家文化的鼓谱和韵律。它的古朴,它的苍劲,它的厚重,它的亢奋,无不是一幅渔民们战天斗海的壮丽画卷。

锣鼓是威海民间最普及的打击乐器。锣鼓的曲谱,俗称"锣鼓点",复杂多变。每个村都有几套自己的锣鼓点,且世代相传。何种场合、何种情况下使用何种锣鼓点,有其约定俗成的讲究和规范。

石岛渔家大鼓的突出特色是，曲调编排严谨流畅，节奏明快、高亢、激越，气势恢宏。有单鼓，有队鼓，甚至有集群方阵鼓等不同的表演形式。其核心人物是一个类似"船老大"的指挥，他运用自己丰富的经验和出类拔萃的鼓技，引领整个表演过程。表演的基本队形有"一"字长蛇形、三角形、方形、圆形及分组形等。锣鼓队的表演乐器主要有大堂鼓、大钹、大锣、小锣、小镲和旋锣等。在大型表演活动中，则会有配备八堂大鼓、八副锣和钹等乐器的庞大的锣鼓队伍。旧时，每年的谷雨期间，渔民出海前都要举行祭海神活动，渔家大鼓是主要的表演项目。因海上作业充满了风险和巨大的不确定性，早年的渔家大鼓旋律比较深沉舒缓，大量使用休止符，充满了悬念。随着渔业生产工具的不断进步，渔民战天斗海的能力不断增强，渔家大鼓增强了雄壮豪放的气势，多为欢快高亢的韵律。

流传至今的石岛渔家大鼓，基本分为四大部分：第一部分为序曲长套，鼓点较深沉舒缓，古典韵味浓厚，表现了渔民出海前坚定自信、蓄势待发的心态；第二部分为间曲，鼓点由舒缓渐次变为急促高亢、雄壮豪迈，表现了海上作业的紧张激烈；第三部分为长套的反复，鼓点极为舒缓自然，表现了渔民在紧张的海上作业后小憩时的怡然之态；第四部分为华彩乐章，表现了渔民战天斗海、搏风击浪的豪迈气概和庆祝鱼虾满舱的狂欢状态，为演奏的高潮部分。

石岛大鼓其声雄浑激荡，震天撼地，如惊涛拍岸，气吞海疆。击鼓者脸上露出神圣之色，眼睛里充满神采，演奏出了渔民的生命华章。特别是每年的谷雨时节，荣成渔民举办渔民节之时，石岛大鼓就更能发挥出超常的作用，那高亢的鼓声震天动人，响彻四方，将节日气氛推向高潮。

2. 渔民号子

吼得狂澜平

威海的渔民号子，是伴随着海上渔业生产而产生的一种劳动号子，流行于威海沿海各地。其中尤以荣成的渔民号子种类最多，内容最丰富。荣成是渔业大市，有着几千年的渔业生产历史。勤劳勇敢的广大渔民与大海、大风、大浪的长期抗争中，在繁重、危险的生产环境中，不断创造出极具地方民俗特色的渔民号子。它作为渔民生产劳动中不可或缺的古老歌谣和精神号令，在荣成沿海区域广泛流传。渔民号子既有调节情绪、鼓舞精神的作用，又有指挥生产、协调动作、统一行动的功能。

随着时代的发展变化，渔民号子不断发展和变化，由最初的简单的音节、无调子的形式，逐步演变为有调式和唱词，且内容丰富的渔民号子。特别是在20世纪的50年代到70年代，渔民号子最为兴盛，其音乐性、节奏性与生产劳动紧密相连，尤其是荣成的渔民号子，气势雄浑，喊唱交替，并在渔民中一代代地流传了下来。

在渔业生产工具落后的时代，海上作业靠的是众人齐心协力。而指挥和鼓舞渔民协调动作，以战胜恶浪险阻、完成各项繁重作业的办法，就是"喊号"，或称"唱号"。渔民号子多由一人领唱，众人和唱。领唱也叫"领号"，领号者被称为"号头儿"；众人和唱，则被称为"接号"。在荣成沿海，善领号者亦被视为能人，因此而名闻一方。名声显赫的号头儿，还常被邻村、邻船邀请去领号。

荣成的渔民号子以形式的多样性、内容的丰富性、即兴发挥的灵活性和在生产作业中协调动作、鼓舞情绪的实用性而被广泛用于渔业生产的各项作业中。如拉船、抬船、打橛、拉网、装舱、摇橹、掌篷、起锚等，凡需众人协力完成的作业，都用号子来指挥、鼓劲。按劳动强度和紧张程度的不同，渔民号子大体可分为三个类型。

第一类是拼命号子，也称"生死号子"。这种号子是在船突遇风暴、遇险救急或顶风逆流而行等危急险恶的情况下使用的摇橹号子，有顶流号子、迎风号子、救险号子等。拼命号子节奏十分激烈紧张、铿锵短促。领号与接号之间不容半点儿间歇。其气吞山河的呐喊，震天撼地的气势，给人以惊心动魄之感，不仅能激发出渔民们战胜狂风恶浪、危急险情的豪情壮志，更能凝聚起超凡的行动力量。

荣成的渔民号子传承人李永喜，曾谈起早年他在海上打鱼时的亲身经历。有一次他出海遇上大风浪，绝望之际，想到家里还有两个未成年的女儿，强烈的求生意识和责任感使他高喊起了生死号子。众船员和着号子合力拼命摇橹，经过一个多小时惊天震海的号子呐喊，他们终于摆脱了险境。现今，那些遭遇过海上劫难的老渔民，提起生死号子，仍心存敬畏和无比的感慨。

第二类是自由号子。主要是在拉大船、梭船（用手从水中向岸上抬船）、蹬船（众人用脚蹬船帮底部，把船由沙滩送入海中）及拉网等需众人合力，但作业过程不太紧张的情况下使用的号子。领号者可以即兴编词，号子节奏比较舒缓、自由而不散。自由号子中的拉网号子比较独特。风平浪静时的拉网号子舒缓自然，但若遇到风急浪高的恶劣环境，号子则变得紧张激烈，类似拼命号子。

第三类是抒情号子，多在渔船满载收港时使用。这种号子旋律优美，欢快流畅，有明显的歌唱风格和浪漫的抒情色彩，渔民们称之为"歌唱号子"和"欢乐号子"，充分展现了渔民们丰收的快乐和回家的喜悦。

荣成的渔民号子不仅对研究当地的民俗风情、渔捕文化有着极为重要的价值，也是中国民间音乐的宝贵财富，同时也为当代艺术家进行音乐创作提供了借鉴。

就像西北人酷爱"信天游"，东北人喜欢"二人转"一样，渔民号子是胶东人世代相传的情结。在 2009 年山东省首届山东民歌演唱大赛上，荣成渔民号子第四代传承人李永喜等人所表演的《海洋渔号》，以其浓郁的海洋风情和原汁原味的渔家气息，得到了评委们的一致认可，最终荣获原生态民歌组一等奖。

"嗬来嚎，嗨——嚎！"

"哎伊来哟，握紧绳呀哎，趁好天呀，多打鱼呀，鱼满舱呀！"

一曲原声渔民号子，字里行间唱出了渔人笑傲沧海的豪迈，将渔家文化演绎得淋漓尽致。

但是，自从 20 世纪 80 年代机器船大规模兴起后，渔民号子也渐渐失去了原来的作用，因为在渔业生产中靠人力的作业很少了，渔民号子在劳动中也就用不上了。所以，现在的渔家号子主要是作为一种传统的非物质文化遗产而保存下来，也希望得以传承下去。

3. 祭海神

对大海的礼赞

生活在大海边的威海人，特别是渔民，自古以来就有对海神的祭拜传统，祈求海神保佑他们出海平安归来，保佑他们鱼虾满舱，获得大丰收。

海神是保护神。传说秦始皇东巡到成山头时，是海神帮助造了秦桥，可那个海神自认为很丑陋，不愿见人，更不愿意让人给自己画像。也有人说，海神就是龙王，龙王在大海深处。人们看不到他，他却无处不在，无所不能。他能让渔民在风浪中化险为夷，平安无事。荣成槎山下面的院夼村就有龙王庙，那里的渔民就经常到庙里去供奉龙王。还有人认为海神就是娘娘，即海神娘娘，那么这个海神娘娘究竟

威海天后宫

是何方神圣？有人说她就是妈祖，沿海许多地方都建有天后宫、妈祖庙，以供人们前去祭拜。

其实，祭拜各式各样的海神，是渔民们表达对大海的礼赞、敬畏、尊重的方式。大海是渔民们赖以生存的基地，是一辈又一辈人的依靠。所谓靠山吃山，靠海吃海，正是这个道理。

威海人祭海神最集中的表现则是在渔民节的隆重庆典上，尤以胶东半岛最东端的荣成渔民节最为典型。这里的人们世世代代以渔业为生，敬海祭海自远古以来就成为一种约定俗成的习俗。但是，以渔民节的形式来庆祝则是从 1991 年开始的。那一年的 4 月 20 日，即谷雨节的那天，荣成举行了第一届渔民节。那天上午十点半，来自国内外的上千名嘉宾与数十万荣成渔民相聚于石岛的大鱼岛村。村里村外，海边码头，彩旗招展，锣鼓喧天，兴奋的人们从四面八方赶来参加这样一场期待已久、又从来没有过的盛会。盛大的祭海仪式和游艺活动次第展开，五台石岛大鼓被擂得惊天撼地，鞭炮声震耳欲聋，二百组七彩斑斓的气球腾空而起，将活动引向了高潮。海面上，寓意千帆竞发、百舸争流的二十艘渔船，一大早就出海捕鱼了，捕到第一网鱼后靠岸。二十名"船老大"被人们簇拥着来到设在典礼台右侧的祭祀场地，分南北两排站定。主祭人"祭海"的话音刚落，十名秀丽端庄的渔家少女，虔诚地将摆在供桌上的酒碗一一斟满，祭海仪式庄重有序地进行。在随后举行的游艺活动中，伴着欢快的乐曲，送灯使者引着制作精美的大型"台阁"降到码头广场。两条长四十米的"巨龙"，在龙珠的引导下，将戏龙、耍龙、引龙、激龙、追龙等一系列动作舞得洒脱酣畅。"双龙舞"让人眼花缭乱，紧随龙尾，五只精美的旱船一字摆开，渔郎划桨，渔娘掌舵，"八仙"助阵，旱船跑出了渔家人各显其能、耕海牧渔的豪情。"渔灯舞""斗蛤舞"等舞出了人们战天斗海的劲头，展示了水中捞金的喜悦；"五朵鱼环"舞出了荣成渔民海纳百川、热情好客、心连五洋的胸怀。

1993 年，渔民节更名为"荣成国际渔民节"。为传统节日赋予时代特色，这在国内外产生了很大的影响，对促进荣成经济的发展发挥了积极作用。在民间，每年谷雨节的祭拜活动仍然十分热闹。

在渔民节的这天，渔村热闹非凡，不亚于过年。家家户户提前蒸好大型饽饽，准备好鞭炮、香烛、纸钱，以及酒类、水果等供品。几家渔行老板联合起来买一头大肥猪，去毛烙皮，涂上红颜料。当天，挂灯结彩，锣鼓喧天，鞭炮齐鸣，男人们抬着或挑着供品来到海边、天后宫、龙王庙、船头，陈列好供品，烧香敬酒，作揖跪拜。祭毕，就地而坐，共食祭余。大碗的酒，大碗的肉，表现出了渔民的朴实与豪放。与此同时，渔民们的母亲或妻子，将已蒸熟的白面小兔揣进儿子或丈夫的怀里，其中倾注了母亲或妻子对儿子或丈夫深深的爱和关怀。兔子象征着精灵，寓意为即使打不着鱼虾也没关系，那就到山上找吃的，只盼望平平安安、高高兴兴地早日回来。荣成国际渔民节每三年举办一次，以渔民为主体，以渔村文化为主要内容，开展各种海上运动项目、大型民俗观光旅游、经济技术贸易洽谈会和海洋渔业博览会等一系列活动。

2008 年，荣成渔民的祭海习俗被列入国家级非物质文化遗产，正式更名为"渔民开洋、谢洋节"。人和镇院夼村是国家级非物质文化遗产保护项目"渔民开洋、谢洋节"（渔民谷雨节祭祀仪式）的传承地。2019 年，中国民间文艺家协会授予荣成市"中国渔民文化之乡"的称号。

4. 文登"串黄河"

火爆的竞技游艺

文登一带流传的"串黄河"表演源远流长，其竞技形式火爆，有如古代军队的阵法演练。"串黄河"表演在文登民间又叫"跑黄河"，是产生于黄河流域的一种古老的民间大型游艺活动。明清之际流传于文登。不同时期，文登各村落的"串黄河"竞技表演，名气也是此起彼伏，但坤龙邢家、林村、文登营、葛家集等村庄的"串黄河"表演，在历史上一直负有盛名，表演活动也已有数百年的历史。

"串黄河"表演是以所布阵形为载体的游艺活动，源自古代军事训练中的阵法演练，其名取自《封神演义》中三仙姑所摆的"九曲黄河阵"。这是一种参与人数众多、竞技性极强的游艺活动。"串黄河"表演所摆的阵形，名称繁多，各地不一，有"九曲黄河阵""黄河八卦阵"等。文登人民则在借鉴吸收外地阵形的基础上推陈出新，逐渐形成了具有当地特色的"黄河阵"。《林村志》中就详细记载了盛行于当地的两种阵形，即"大循环阵"和"小盘旋阵"。

"大循环阵"又称"112 曲循环阵"，阵形占地27124平方尺，设 729 座灯桩，是名副其实的"大循环阵"。"小盘旋阵"又叫"74 曲黄河阵"，阵形占地 18496 平方尺，设 361 座灯桩。每座火灯桩相距 7 尺，桩上安放着一盏大碗油灯。灯桩之间用拉绳连接，形成串阵通道。阵中央为"紫禁城"，阵门则以松枝搭配，插以彩旗。两种阵形虽大小不同，但阵内均按九宫八卦、奇偶相和的数理依据巧妙布局。阵内又分为数个对称的小阵，可谓阵阵连环，阵中有阵。阵内通道曲折萦回，山重水复，遍布岔道和死角。进入阵中，如走迷宫，即使是熟知阵形者，顺利串阵也需两个小时。

"串黄河"表演一般在正月十五至十八的晚上进行。届时，只要有村设场摆阵，十里八乡，甚至几十里外的村庄的表演队伍就会蜂拥而至。随表演队前来"观战"助威的男女老少，多达数万人，场面浑如千军万马摆阵实战。

"串黄河"竞演前，必先燃放鞭炮以助兴，奋力擂鼓以助威。竞技开始后，各表演队的舞龙、秧歌、高跷、跑旱船、耍驴、耍狮子等相继入阵，边串阵边表演。其时，阵内灯火通明，几支表演队伍或东或西，忽南忽北，逶迤回环，川流不息。歌舞杂耍，争妍斗奇。场外则人山人海，锣鼓喧天，呐喊助威声撼天动地，场面十分壮观。经过激烈的竞赛，能顺利串遍全阵且率先出阵的队伍，即为胜者。在旧时的乡间，一支高水平的"串黄河"竞技队，会被视为该村形象的象征，这自然是村民们引以为豪的一种荣耀。获胜的队伍不仅能博得现场观众的喝彩，凯旋时全村人更会倾巢而出，热烈迎接这些为本村赢得了荣耀的英雄们。

"串黄河"游艺活动在文登境内流传了数百年。这种活动的开展，为各村民众相互交流、增进友谊、促进和谐、提升区域凝聚力提供了重要的平台。其激烈的竞技特色，也是世世代代文登人民自强不息、敢于拼搏、勇为人先精神的充分体现。

（二）能工巧匠夺天工

1. 鲁绣

技艺冠天下

"一片丝罗轻似水，洞房西室女工劳。花随玉指添春色，鸟逐金针长羽毛。"唐朝诗人罗隐的这首诗，描绘的正是女绣工巧夺天工的刺绣技艺。

鲁绣是山东省一种古老的传统刺绣工艺，是山东地区的代表性刺绣，鲁绣是历史文献中记载最早的一个绣种。《论衡·程材》中记有："齐部世刺绣，恒女无不能。"鲁绣属中国"八大名绣"之一。鲁绣博采苏、粤、蜀、湘四大名绣之长，而又独具一格，擅长表现中国书画的笔墨效果，绣品清隽淡雅、质感逼真、粗犷中见精微，是中华民族传统刺绣文化的重要组成部分。2021年，鲁绣经中华人民共和国国务院批准，被列入第五批国家级非物质文化遗产名录。

鲁绣在春秋时期的齐鲁两国兴起，史称"齐纨"或"鲁缟"，兴盛于秦朝，在汉朝时已相当普及。《史记·货殖列传》中有"冠带衣履天下"之称。不仅如此，古时还出现了专门为绣业设置的"服官"。据《汉书》记载，"齐三服官作工各数千人，一岁费数钜万"，那时绣业的昌盛和重要可见一斑。

公元前 219 年，秦始皇统一了天下，觉得大业已成，想要与天地同寿。于是几次东巡，欲往海上寻求不老之药。行至文登时，秦始皇召集文人一起登文山吟诗作赋，使得文登一地学风昌盛，同时也促进了中原文化与当地文化的交融，极大地推动了绣花技艺在这一带的流传。

公元 568 年，朝廷设置了文登县。在建置史中，文登三度为州府所在地。平稳的社会形态和繁荣的商贸经济，为鲁绣在文登的流传发展提供了肥沃的土壤。

鲁绣集抽、勒、锁、雕等精细工艺于一身，其作品色彩淡雅，构图优美，虚实适宜，形象逼真。绵远悠长的齐鲁文化赋予了鲁绣浓郁的地方特色和丰富的人文内涵。一幅幅精美绝伦的绣品宛如历史画卷，生动翔实地记录了时代的发展变迁。

绣花自古就是文登女人必学的技艺，被称为"女工"。农家大多有一种叫作"撑子"的绣花架子，鲁绣工艺随着这种特殊的工具在文登代代相传。

农闲时节，女子们三五成群地聚在一起，在撑子上飞针走线。她们用不同的技法，在衣裙、手帕、被褥、肚兜、轿衣等衣物上绣出各种精美的图案。

鲁绣从古代帝王公卿的章服走入了寻常百姓家，故宫博物院收藏的明代鲁绣《文昌出行图》《芙蓉双鸭图》《荷花鸳鸯图》表现出了用色鲜明、针法豪放、朴实健美的工艺特点，向世人展示出了鲁绣绣饰鲜明而又实用的传统艺术风格。

在鲁绣的发展过程中，逐渐产生了衣线绣、云龙绣、地龙绣、抽绣、雕平绣等数十个绣种，发丝绣是其中最为典型的绣种，而云龙绣则是体现了传承与创新的优秀代表。1894年，英国人马茂兰夫妇在烟台设立了教会手工学校，教习欧洲抽纱和刺绣工艺。由于西方文化的渗入，鲁绣在五光十色的风貌上又增加了玲珑剔透、层次分明、沉浮有致的特色，品类更加丰富多彩。20世纪90年代，手工与机器相结合是当时鲁绣的一大特点，把手绣的风格特点引入机绣，于是一个新的绣种云龙绣脱颖而出。1990年，文登绣品艺人集多种工艺之精华，在面料和工艺上又做了大胆的改革和创新，创作出了"雕玉龙"系列，该系列与云龙绣一起作为珍品被中国工艺美术馆收藏。

书法刺绣是鲁绣的又一大特色。毛泽东的诗词作品气势豪迈，书法作品潇洒奔放。20世纪50年代至70年代，鲁绣艺人饱含着对伟人的敬爱之情，创作出了很多在今天看来依然灵动的毛泽东书法绣精品。

江山万里执针看，真情无限绣未完……

2. 海草房

海草当被盖

海草房是胶东特有的一种民居，散落在青岛、烟台、威海沿海一带，尤以半岛最东端的荣成为多，而荣成的海草房主要分布在宁津、成山、港西等几个乡镇。

荣成地处沿海，夏季多雨潮湿，冬季多雪寒冷，在这种特殊的地理位置和气候条件之下，民居的主要功能自然是冬天保暖避寒，夏天避雨防晒。于是，极具聪明才智的当地居民根据在长期的生活中积累的独特的建筑经验，以厚石砌墙，用晒干的海草作为材料糊在屋顶，建造出了独具匠心的海草房。

据专家考证，海草房至少有上千年的历史。这种独特的房屋，不仅现在仍为人们所喜爱，并居住着，而且还被列入山东省级非物质文化遗产名录，引起了国内外的艺术家、民俗专家的极大兴趣。许多画家、摄影家都纷纷前来作画、拍摄。海草房给人们留下了深刻的印象，许多文人墨客不吝笔墨地对它进行了赞美。著名画家吴冠中在荣成大鱼岛写生之后，还留下了精彩的赞美海草房的文字："那松软的草质感，调和了坚硬的石头，又令房顶略具缓缓的弧线身段。有的人家将废渔网套在草顶上，大概是防风吧，仿佛妇女的发网，却也添几分俏丽。"

用于建造海草房的海草，一般分为两种：一种是如细韭菜叶般的长长的海草，在海里时是绿色的，随潮水而飘动，如抽穗前的小麦在风中起伏一样，一片片的；另一种较宽一点儿，在海里时呈灰色。前一种海草细长而坚韧，晒干后变为褐色，是盖房的理想材料；后一种易断，耐腐蚀能力较差，但相对便宜一些。每在大海退潮后，海边就会出现一卷卷的海草。海边的村民们就用铁器工具，将海浪推送至岸边的新鲜海草拉到岸上，摊开晾晒。过不了几天，晒过的海草就会变色和收缩水分，彻底晒干后，人们就将其收拢起来拔成一堆一堆的，如一座座小碉堡排成一列。

四十多年前，当地的海草房可谓遍村都是，后来随着海带养殖的增多，化肥使用的增加，还有其他因素的影响，海草慢慢变少了。即使大潮过后，在海边也难以遇到海草遍海滩的景象了。

过去，荣成沿海谁家要盖房子了，就会提前到海边收集海草。人们将这些海草打捞上来，晒干存放，等到盖房子时使用。由于生长在大海中的海草含有大量的卤和胶质，用其糊成厚厚的房顶，除了有防虫蛀、防霉烂、不易燃烧的特点外，还具有冬暖夏凉、居住舒适、百年不毁等优点，深得当地居民的喜爱。

盖海草房最关键的步骤就是往屋顶上苫海草，因此当地人盖房又称"苫房"。苫房的原理其实跟建造瓦房时安装瓦片差不多，只不过是用海草从下往上一层压一层地苫好。苫海草房绝对是一门高超的手艺，一栋海草房的好坏、使用时间的长短，主要取决于海草是否苫得严密。为此，人们一般都请那些代代相传、具有丰富经验、手艺精到的"苫匠"来建造海草房。据说一栋农家海草房，要三四个人花上十几天才能苫好。

苫屋顶的材料除海草外，还掺有一些长得粗壮而长的巴草或麦秸。苫房的时候，先将巴草或麦秸苫上，之后再加一层海草。为了抵御大风，海草房的屋顶上还要特地覆盖一层更厚的海草，也有的会再盖上一层瓦，这在当地被称为"压脊"。有条件的人家，可再用破旧的渔网将整个房屋的海草全部盖住，以防大风吹起，造成损失。

一般苫好的海草房可维持四十多年。到了一定年限，海草也失去了盐分，慢慢开始生出野草、小花，那时就要考虑维修一下了。有的是局部修理，即在那些明显的破败处用新的海草补一下；有的可能要动较大的手术，从顶到坡重补一番。大部分海草房屋脊容易出问题，人们会用带草的泥拌好后抹上，使其更加坚固。海草房可以说是世上极具代表性的生态民居之一，以石为墙，以海草为顶，冬暖夏凉，百年不腐。这样的海草房，被认为是最具胶东民居特色的房子。荣成沿海传统的海草房，是独具特色的地区传统民居标本。

最近几年，为了发展特色民俗旅游，荣成沿海一带又由政府和企业出资，兴建了一批更为高级和现代化的海草房。有的是高顶，有的是大四合院式的，有的是成排成群的，样式美观，从外观上就能吸引人前去参观。而房屋的内部也更为先进，居住起来更为舒适。这与传统的民居海草房大为不同。

更为欣喜的是，近些年有关部门投入了大量人力物力，对海草的人工繁育、海中种植等进行了卓有成效的研发，并已在海中大面积种植成功，海草的生存状态有望恢复如初。

3. 锡镶

工艺精湛，蜚声海外

中日甲午战争之后，英国强租了威海卫，威海卫的谷家疃村也被划在了英租界内。谷家疃村有位中年男子，名叫"谷年和"，他与弟弟谷宝和在村边的街道旁开了一个敲打铜铁锡、制作日用品的小作坊。虽然生意不算红火，但兄弟俩凭着精到的手艺，也可维持基本的生活。

1899 年夏季的一天中午，谷年和在小睡后，顺手摸过那把用了多年的心爱的紫砂壶要喝茶水，砰的一声，紫砂壶碰在了一件铜器上，壶嘴被碰碎了。谷年和惊得跳了起来，抚摸着碰碎的壶嘴心疼不已。这可如何是好？这把紫砂壶可是心爱之物，难道就这么把它给扔了？谷年和抚摸着这把紫砂壶，端详了半天还是一筹莫展，他越发地懊恼了。能不能想办法把它修复一下呢？让心爱的小壶不但可以继续使用，而且更加美观。虽然人人都夸他敲打铜铁锡的手艺精湛，但他从未用过这手艺跟紫砂壶打交道。

那几天，谷年和用自己的手艺跟碎了嘴的紫砂壶较上劲了，经过反复琢磨、试验，他终于小心翼翼地敲打出了一片薄薄的锡片，而且竟然鬼斧神工地将紫砂壶的壶嘴给严丝合缝地镶上了，而后他又独出心裁地在锡镶上錾了漂亮的花纹。镶好后的紫砂壶获得了新生，不但看不出任何破碎的痕迹，而且经巧夺天工的锡镶后，竟然还显现出了一种相得益彰、精美绝伦的特殊效果，简直如凤凰涅槃。真是因祸得福，谷年和喜不自禁，把玩锡镶的紫砂壶好些天，简直爱不释手。

凡是看了锡镶紫砂壶的人，几乎全都啧啧称奇。他们哪里会想到其中奥秘，还以为是谷年和独出心裁、苦心孤诣研发出的独门绝活。不少人都表示要将自家的茶壶拿来，也锡镶美化一下。

世上有不少独特的艺术品，其创造往往并非有意为之，而是误打误撞。

众人的赞誉让谷年和大为振奋，又惊喜不已，不想这无奈的补救茶壶之举，竟然使锡镶紫砂壶成了人人夸赞的工艺品。谷年和不仅有着精湛的手艺，也具备相当的商业头脑。既然人人都说好，何不顺势开发锡镶茶壶的项目？于是，他采办了各种茶壶，如法炮制地为其镶上了锡边，并精益求精地錾上了更加精美的花纹图案。不想，竟然引发了轰动效应，这些茶壶不但在威海卫很受欢迎，而且让英国人为之倾倒。

　　就在谷年和发明锡镶茶壶不久，有位英国商人来到了威海卫，他也是无意中走进了谷年和家的店铺。他看到架子上陈列的精美的锡镶茶壶后，顿时眼睛一亮。这小小的威海卫，这小小的店铺里竟然还有如此精美绝伦的东西！这简直就是美轮美奂的艺术品！英国商人将锡镶茶壶放在手中，如获至宝，不愿放下，他当然不会放过这不期而遇的赚钱商机。他当即对谷年和说，要买几个锡镶茶壶带回英国。英商出价不菲，这笔买卖自然马上成交。

　　英国商人带着几个锡镶茶壶回到了大不列颠岛，他把自威海卫得到的锡镶茶壶拿出来向商界的朋友们展示炫耀，不承想引发了朋友们的惊叹与赞美。可以说威海卫的锡镶茶壶在伦敦等大城市引发了轰动，更多的

锡镶兴盛地戚谷疃（英租时期）

179

英商不想放过这个可以大发横财的商机，不久，他们便纷纷来威海卫采购锡镶茶壶。

威海的锡镶茶壶，以及后来其他的锡镶工艺品，何以会受到欧洲人的青睐呢？从审美的角度看，锡镶产品与当时欧洲的新艺术运动在风格上似乎遥相呼应。中国传统民俗文化的物质载体，是工艺文化赋能艺术的重要构件，符合西方人的审美情趣，应和了他们的要求，所以他们才如此感兴趣。

英国商人纷至沓来，大量采购锡镶茶具，使得谷年和的店铺生意爆火。他的锡镶产品成了威海卫的新兴的金字招牌，并迅速带动了威海卫数百人从事这项产业。

威海的锡镶产品在英强租威海卫时期，以及威海卫回归后的前几年最为兴盛。主要作坊有谷宝和和谷年和兄弟分别经营的"老合成""新合成"锡镶坊、柏玉秀开办的"合盛"、李西川开办的"同庆顺"、孙吉柱兄弟开办的"宜昌信"、宋玉亭开办的"德裕"等锡镶坊。各坊生产的精美锡镶工艺品，不仅销往上海、香港等国内各地，而且深受来威游览的欧美人的喜爱。当年住在威海卫的英国人，也纷纷将其作为珍贵艺术品收藏和馈赠亲友。当时威海为"自由港"，各国商船可自由往来，威海的锡镶产品得以销往世界许多国家和地区。至今，在英、法、澳大利亚等国的博物馆和许多居民家中，仍可见保存完好的当年威海卫生产的锡镶产品。

1938年日军侵占威海后，锡镶产业横遭摧残，店铺纷纷倒闭，名噪一时的威海锡镶工艺品从此销声匿迹。

直到1984年，原"新合成"名匠谷氏后人，威海锡镶工艺的第三代传人谷祖威重新组织人员，将祖上的这项几近失传的工艺又重新挖掘了出来，推到了一个新的高度，并成功地融入了市场化的浪潮之中。到 2000 年前后，威海有大大小小的锡镶厂二十多家，从事这个行当的人也越来越多，锡镶已成为威海的一张对外交流的名片。

（三）民间传说

1. "秃尾巴" 李龙王

孝忠义信之神

作为李龙王传说的发源地的文登，早在汉代时就有了关于龙文化的记载。而明清之际兴起的关于李龙王的民间传说，迅速在山东、东北及江浙一带传播开来，甚至闻名海外。

几百年来，"秃尾巴" 李龙王早已被文登人奉为可信赖的保护神。在文登人和闯关东的山东人中，他更被视为可亲可敬的老乡，得到了极高的

奈古山下的李龙王庙

尊敬和爱戴，乃至香火祭拜。

在文登古城西南三十里处的宋村镇，有座并不高大但名气不小的柘阳山。千年前的柘阳山古木参天，后周显德六年(959)，即建有极具规模的柘阳寺院。有资料记载过柘阳寺院的异端：寺院殿后的大石上，常见一巨蟒盘卧，能预报天将雨，且不害人，它便是民间塑造的"秃尾巴"李龙王的原型。

李龙王虽是文登民间创造的亦人亦龙的神，但历代《文登县志》中对此大都有记载，其故事情节也基本相同。相传，在柘阳山下有一李姓农夫，一天其老婆郭氏到河边挑水，感而有娠。她怀孕三年，却没有分娩。忽然一天夜里雷雨大作，电光绕室，郭氏分娩了，婴儿却倏忽不见了。每当夜深人静之时，就有一条攀在梁上的巨蟒探下头来就乳。这巨蟒每次就乳，郭氏都要痛晕过去。郭氏不得已，只好告诉丈夫实情。丈夫大惊，便暗藏一把刀，待巨蟒就乳时，突然飞刀断其尾，巨蟒腾跃而去……后来郭氏死了，葬一山下。一日云雾四塞，一条秃尾巨龙旋绕而来，将郭氏之冢移至山上，墓高数尺。百姓们惊奇不已，谓之神龙迁葬其母。后来，每当这秃尾巨龙显现，就是个风调雨顺的大丰年，当地百姓便称这巨龙为"秃尾巴李龙王"，并建祠以祀之。

柘阳山前的龙母坟

李龙王成龙之后，

泽被苍生，对山东老家更是偏爱有加，每年春天自天庭回乡祭母时，都会为正盼雨水的山东半岛的人们普洒甘霖。李龙王不但在旱时给家乡带来雨露，而且有惩恶扬善、除暴安良之功。李龙王在黑龙江大战祸害百姓的白蛟龙的传说故事，更是引人入胜。

相传，现在的黑龙江当年因一条白龙镇守而叫"白龙江"。可这条白龙实为恶龙，危害当地百姓，无恶不作，令人恐惧而痛恨。李龙王飞抵江边，要为百姓除害。在与白龙大战前，李龙王说："如果江水是白色的，大家就向江里扔石头；如果江水是黑色的，那就是我在上面，大家可

艾山庙

扔些食品。"当地百姓都在岸上观战，并准备了大量的石头与粮食。出现白水就扔石块，出现黑水就扔馒头。就这样李龙王与白龙大战了三天三夜，最终打败了白龙，自此那条江就被人们称为"黑龙江"了。李龙王的义举赢得了人们的广泛赞誉，人们都开始供奉他。

据说几百年来，黑龙江上的客船在行驶之前，船家必先问有没有山东人。无论是否有山东人，众人都会高声答"有"，如此这般，船家才敢放心开船。在关东山伐木，沿江放木排过激流险滩时，放排人也都要高喊"山东人的排子下来了"，据说只要这么一喊，木排便会安安稳稳地通过激流险滩。

遥想当年，大批山东人为了谋生背井离乡，一路跋涉闯关东，"井"和"乡"是没法带上路的，而带上心中的神灵——可亲的"秃尾巴"李龙王，故乡便如影随行，慰藉着流浪者的心灵。天长日久，他乡即故乡，随着时间的推移，诞生在文登的李龙王也成了东北人心中的李龙王。

2. 刘公刘母

海民的守护神

威海在汉代叫"石落村"，东汉末年，这里属于东莱郡，是刘姓皇族的封国属地。汉灵帝在位时，立刘辩为太子，汉灵帝刘宏逝世后，刘辩继位，史称"少帝"。刘辩系汉灵帝刘宏的长子，汉献帝刘协的哥哥。当时，董卓把持朝政，他与刘辩不和，刘辩即位不久即被董卓废黜，董卓改立刘协为帝，刘协即东汉的最后一位皇帝——汉献帝。

公元 220 年，曹丕废汉献帝建立魏国后，就对刘姓皇族进行剿杀，刘氏皇族的一支刘辩之子刘民为了逃避追杀，便千里迢迢地来到了偏远荒僻的石落村，成为这里的早期居民。有一年，刘民在出海打鱼时，救了一位名叫嵘燕的落水女孩，嵘燕也就是后来的刘公之妻刘母。刘民和嵘燕相依为命，感情日深。后来他们辗转来到了刘公岛，在岛上垦荒种地，救助过往遇险的船民。那时此岛被人们称为"海上刘氏别业"，亦称"刘岛""刘家岛"。每当海上风起浪涌时，人们都会看到有位老人手持火把或燃起篝火为船民引航。他们就是这样不知搭救了多少遇险的船民，于是后人把两位老人尊为"海圣刘公刘母"，而这座小岛也因此得名"刘公岛"。

关于刘公岛名称的由来，千百年来在民间还流传着一段美丽的传说，这个传说让刘公刘母成为过往渔民的守护神。相传公元238年，有一条来自江南某地的商船在海上突然遇到了大风，狂风卷起巨浪，无情地扑向商船。船上的人们奋力地与风浪搏斗，祈望能找到一处可以躲避风浪的地方。然而船正航行在大海之中，四周没有陆地，也不见岛屿，到哪里去找可以避风的地方呢？人们很绝望，纷纷祷告苍天保佑。但风越来越猛，浪越来越大，船在风浪中颠簸，一会儿被掀到浪峰之上，一会儿又被抛入浪谷之中。就这样，几天几夜过去了，风浪仍不见停息。船上的桅杆被风吹折了，舵也被浪打歪了，船失去了控制，像一片树叶在海面上漂浮。船上的淡水用光了，食物也没有了，艄公们筋疲力尽，垂头丧气地倚在舱板上，任凭船只随波逐流。天色又渐渐地黑了，入夜，天海间漆黑一团，伸手不见五指，只有风浪依旧在夜幕中呼啸着。

突然，在绝望中，不知是谁惊叫了一声："看，前面有火光！"众人忙起身寻找，果然看到黑暗的前方有一丝微弱的火光在闪烁，火光在风浪中时隐时现。有火光就有人，有人就有希望。众人顿时精神抖擞，忘记了饥饿和疲劳，奋力将船向着火光划去。渐渐地，火光近了，隐隐约约可以看出前方是一个岛屿，那火光就在岛上闪烁。终于船靠岸了，艄公们下船寻着火光走去，不一会儿他们看见前面有一栋房屋，窗前亮着灯光。艄公们急忙上前敲门。门开了，一位老翁出现在门口。众人一边打躬作揖，一边诉说着他们的遭遇，希望老翁能施舍一些茶饭。老翁爽快地答应了，并呼一位老媪出来与众人相见。众人随老两口进屋后，发现屋子里虽不算宽敞，却十分古朴可亲。老翁一面安排众人歇息，一面吩咐老媪生火做饭。只见老媪从里屋挖出一碗米，洗好后倒进了锅里。众人见了，在心里嘀咕道："区区一碗米，怎能解众人之饥？"艄公们虽然饥肠辘辘，却又难于启齿。不一会儿，饭熟了，老翁招呼大家吃饭。大家随吃随盛，饱餐了一顿，锅里的饭却不见减少。众人心里暗暗称奇，但也不便询问。饭后，艄公们感激不尽，上前拜谢道："救命之恩，永志不忘。不知此为何地，敢问老丈贵姓？"老翁笑道："此为刘家岛，老朽姓刘。"说罢，老翁又取出一袋食物相赠，并送他们回船休息。

次日天明，风息浪小，红日高照。艄公们又上岛取水，寻遍全岛，却不见昨夜的那栋房屋，也不见老翁和老媪的身影。

刘公刘母

但见岛上树木葱茏，鸟语花香。众人这才醒悟，都说："我们大福，遇到神仙了。"

后来，这条船再次经过这里。艄公们又上岛寻找，岛上依然是树木葱茏，鸟语花香，但仍不见老翁和老媪及那栋房屋。为了纪念刘公刘母的救命之恩，众艄公集资在岛上修了一座刘公庙，庙内祀刘公刘母泥塑双像，以表示感恩之情。刘公庙建成后，来往的艄公船夫们每经此地，必上岛进庙祈祷。从此，刘公庙的名声越来越大，该岛也逐渐被称为"刘公岛"了。

（四）特色美食

1. 威海面酱

香飘四海

威海不仅是人类最宜居的城市和闻名中外的旅游疗养胜地，而且其冬暖夏凉的独特气候，也为酿造业的发展提供了得天独厚的条件。故威海民间酿造业自古兴盛，其中最负盛名，且经久不衰、驰名中外的，当属威海豆面酱。

豆面酱，俗称"豆酱""面酱""大酱"。威海豆面酱有着一套独特的传统酿造方法，生产周期为一年以上，隔年方可出售。其成酱呈鲜艳的枣红色，光泽鲜亮，质地细腻，味道清香鲜美、咸甜可口，营养丰富，是色、香、味俱佳的调味珍品。清末至民国年间，威海所产的豆面酱大量销往上海、天津、大连、香港等地，并经香港转销朝鲜、日本及菲律宾、新加坡等国。威海豆面酱享誉百年，至今不衰。

威海传统的豆面酱酿造源自当地民间。明清以前，大多为民间家庭自酿自食。至清末英租威海卫之后，豆面酱的酿造形式始由家庭自制发展为由钱庄、渔行、杂货铺等商号兼营的作坊生产，形成了规模。其时，威海卫黄俊之的"源复盛"、戚心一的"德昌盛"、刘秀章的"鸿益裕"等十余家商号，都兼营豆面酱生意。其中，"源复盛"商号的生产规模最大，年产酱一百多缸（每缸五百斤）。随着英国将威海设为自由贸易港，威海所产的豆面酱得以远销海外。至民国初年，随着海外销量的大增，这种商号兼营的作坊式的豆面酱生产方式，已不能满足国内外市场的大量需求。于是，商人董百阳与孙泾川、孙澄仁等合资一万两千五百元，于1918年建立了威海第一家专业制酱的企业——"源兴东"酱园。其最盛时有职工三十多人，年产面酱四百缸、酱油十一万斤、米醋一万斤，同时生产的酱菜类产品达十余种。继"源兴东"后，又有孙国范的"海香村"、丛树孝的"德兴东"、刘毅清与宋福亭合营的"四海"、苗丰登的"海国春"等十家专业酱园先后创办，一些无字号的家庭制酱小作坊更是不计其数。众多的豆面酱生产厂家、作坊，将威海打造成了"面酱之乡"。威海城里北街则成为专门的豆面酱交易市场。每逢集或有商船进港采购之时，各酱园和兼营面酱的商号及家庭酱户，便在市场上设摊出售。外地客商络绎不绝，将大量面酱通过船载车运而转销国内外。

威海豆面酱以优质大豆、面粉、食盐等为原料，经蒸料、制曲、泡酱发酵三大工艺酿造而成。每一生产环节都有其严格的操作规程和一系列精密的工艺要求。早年，所有生产环节全靠人工操作。从制成曲坯到菌曲发酵成熟的一个月中，酿酱师傅会轮班日夜守候，随时观察发酵室温度，始终将其控制在

30℃左右。同时还要勤加翻弄、勤倒架，以保证所有的曲坯都均匀发酵且成熟。而从泡酱发酵到最后制成面酱，酿酱师傅还要出大力气，下大功夫，进行极其繁重且繁复的体力操作。威海制酱业自古便流传着一句俗语："要使酱赢人，就得功夫深。"

旧时，威海各酱园泡曲成酱，均采用大缸晒酱、天然发酵的方法。把成熟的菌曲放入可盛五百斤酱的大缸中进行泡制后，再利用阳光自然发酵、上色，这被称为"晒酱"。泡曲两个月后，除天天晒酱外，每天酱工还要用木制的大耙子在缸内打扒两次，以排除"杂异之气"。每缸每次打扒二百至四百下不等，至缸内"乏气"全消，酱里不见泡沫方可。制好一缸酱，需连续打扒数月，日日不得间断，劳动强度可想而知。

威海豆面酱名闻中外，不仅是靠世代积累传承的独特酿造工艺和制酱人的辛勤付出，也得益于威海优良的自然气候条件。历经传承，威海制酱人将季节和温度、湿度的变化与面酱酿造的各个环节联系起来，摸索出了恰到火候的利用规律。每道制酱工艺，都有严格的季节性要求。如蒸料制曲，必须在每年的二月或八月进行；泡曲晒酱，则必须在桃花盛开的时节。其行业话语谓之"二八月踩曲，桃花水泡酱"。盖因二、八月份的气温、湿度最有利于菌曲发酵。而桃花开时，井水最为纯净，泡酱最佳。

至1956年，"四海"等几家酱园合营为"威海酿造厂"，简单的机械也取代了部分原始的人工操作。之后，又逐步对传统的酿造工艺进行了多项改进，逐渐发展为机械化生产。

改革开放后，威海豆面酱正式注册了"四海"商标，威海酿造厂亦更名为"四海酿造有限公司"。1984年，该公司被认证为"中华老字号"企业。其产品被评为山东省优质产品、省传统名特食品、国家商业部优质产品。"四海"牌商标被评为山东省著名商标。20世纪90年代以来，其产品不仅继续畅销韩国、日本、新加坡等国及中国香港地区，而且还开辟了欧美市场。其生产规模不断扩大，豆面酱及酱油的年产量高达九千多吨，成为国内最大的酱类生产厂家之一。

2.蟹子虾酱
鲜味一绝

威海三面环海，海岸线总长986公里，是中国海岸线最长的地级城市。所以威海拥有广阔的江河入海处，在咸淡两混水域里，有一种小虾用自己的美味演绎着餐桌上的"鲜活"——蟹子虾。

蟹子虾酱距今已有两千年的历史。蟹子虾酱是以蟹子虾为原料，经特殊腌制发酵制作而成，是胶东沿海极富特色的海鲜调味品。优质的蟹子虾在威海分布广泛，以虎山、成山、俚岛等海域为最好。

据《荣成县志》记载："荣成县沿海有蟹虫虾，经海边唐家村唐氏夕永制作上贡，并传到他乡。"从此，蟹子虾酱经当地渔民精心制作后定期上贡，成为御膳中的一道美肴，被赐为"宫内御品"。

蟹子虾酱的制作过程的每个环节都是娇贵的。之所以说其娇贵，是因为这种虾酱的原材料是一种叫蠓子的虾，蠓子虾生活在沿海淡水与海水混合的海域，个头很小，只有 5 至 8 毫米，捕捞难度极大，需要特殊器具和精到的手艺。而且这种虾也很娇贵，离水就死。从捕捞小虾开始，到制成鲜美可口的蠓子虾酱，至少还需要经过四大道严密的工序。历时数月一遍一遍地清洗、晾晒、腌制，再经历数年的发酵，才可能腌制成美味的虾酱。任何一个环节出了问题，都会前功尽弃，称其"娇贵"并非故弄玄虚。而且腌制一碗虾酱，大约需要一万只鲜蠓子虾。

蠓子虾经加盐搅拌和短暂的晾晒之后，便需要进行一段时间的发酵。发酵好的虾酱变得黏稠细腻，水分渐渐被析出。酱做好了，下一步就是滤虾油，将虾油分离出来以后，剩下的就是蠓子虾酱。虾酱颜色紫红，呈黏稠状，气味鲜香，酱质细腻，咸度适中。蠓子虾酱中含有丰富的蛋白质、钙、铁、硒、维生素 A 等营养元素，适量食用对身体颇为有益。蠓子虾酱吃法多样，可以生吃、熟吃，或者用来蒸鸡蛋羹。在一个碗里打上两个鸡蛋，加一点儿蠓子虾酱和葱花、姜丝、花生油，切一点儿茄子丁或萝卜丁，加少许辣椒面，粑粑地瓜或馒头与蒸鸡蛋搭配，可算是一道美食。

英租威海卫时期，大批的外国人蜂拥而至，到处搜刮当地特产和资源，大量蠓子虾酱也被带到海外，受到了外国人的青睐。

蠓子虾酱传统技艺，2009 年入选山东省第二批非物质文化遗产代表性项目保护名录。

蠓子虾酱已历经了千年的传承与革新。它蕴涵了丰富的地域文化，承载了胶东人民在水产捕捞等方面的风俗习惯、思维方式、行为规范。因此，蟹子虾酱不仅仅是浓香的虾酱，它还记录和诠释了胶东几千年来靠海而生的先民们在此繁衍生息的厚重历史及民俗。

3. 胶东沿海八仙筵习
大海赋予的美筵

胶东沿海八仙筵习是指胶东沿海，特别是荣成一带的渔家创制和沿用的八仙桌宴客形式所形成的传统礼仪习俗，起源于宋元，盛于明清。2021 年，胶东沿海八仙筵习入选山东省第五批非物质文化遗产代表性项目保护名录。

八仙筵习以荣成为主要发源地，辐射至威海、烟台、青岛等地沿海，有着极其鲜明的礼仪规制和民俗模式，是千百年来沿海人们在生产生活中涵养而成的筵习，也包含了沿海人家对美好生活的祈愿，显现出了鲜明的儒家思想和海洋文化色彩。

荣成人习惯把参加宴会叫"坐席"，这大概跟古代人饮酒时席地而坐有关。荣成自古沿袭坐席而不兴圆桌，即使后来用上了桌子，也大都用八仙桌。这大抵与八仙传说有关，虽然荣成不是"八仙过海"这一传说的发源地，但在当地民间流传着许多有关八仙的故事，也有多处遗迹。

胶东沿海八仙筵习的核心是犹如八仙的客座礼仪，而呈现其状态的自然是八仙桌。

八仙桌与八仙传说相辅相成，共同构成了这种礼仪文化。

八仙桌四四方方，每边两人，共围八人。亲切、平和、稳定，是儒家文化的表现特点。八仙桌为中国传统家具中一种特定的方桌，桌面四边长度相等，每边可坐两人，四边可围坐八人，犹如八仙，遂称"八仙桌"。关于八仙桌的由来，历来说法众多，但是最著名的传说有两个。一个传说是，玉皇大帝做寿宴请各处神仙，八仙赴宴途中经过一处奇山时，想稍加休息，由于没有桌椅，八仙便各显神通变出了桌、凳、碗、筷、海鲜、美酒等，饱餐了一顿。后人为图吉祥，便将可坐八人的方桌称为"八仙桌"。另一个传说是，八仙过海，第一次未能成功，也许是尘缘未了，也许是八方神通之力方向有悖，形不成合力，不能参透玄关。八仙便沿着海边游逛，寻找破解之法。路过一渔村时，偶遇吴道子在威海一代采风写生。吴道子忽见这么多奇人异士，便放下画笔与之相谈。话一投机就天南海北地聊了起来，站久了便腰酸背疼。张果老便伸出一指在他的画笔上轻轻一点，说可以画出一张桌子让大家坐着聊天。吴道子半信半疑，但认真地画了一张四四方方的桌子。桌子居然从平面变成了立体！

从此，吴道子作画犹如神助，开始了"吴带当风"的辉煌，而那张四四方方的桌子就有了"八仙桌"的雅称。

八仙桌常与条案、太师椅组合使用，独成一派，其外形方正牢固、大气稳定，符合中国人传统的审美观念，故而流传千年。

荣成人纯朴善良、热情好客，只要是朋友来访，就礼待有加，以八仙桌待之，且请客特别讲究席位。如果要请客，首先要找一位懂得座次、能言善道且善饮的人当陪客。坐北朝南安排桌子，右边的上手位为首席，与其相对者为次席。右边下手位为三席，与之相对者为四席。正面的曰"桌子后"，前面的叫"陪客"，靠右的一位为主陪，俗称"打横儿"。

这种礼仪把宾客推到了至高无上的地位，宾客分一、二、三、四的雅座，其余都是随宾落座。在行酒礼上，倡导以主为先，强调主一、副二、侧三的陪酒规则，并倾家中所有让宾客吃好喝好。

长期以来，海上作业使荣成渔人形成了喝酒的习俗。荣成渔人会喝、能喝，且全国有名。正常情况下，喝酒可分为两种：一种是儿孙孝敬长辈，每顿饭敬老人一两盅酒，愉悦身心，活血健体；另一种是喜事、节日时请客喝酒。荣成人把喝酒当成一种享受，豪饮而不酗酒。如果坐席，特别是出席喜宴，敬酒的礼节就特别多。

当然，荣成的八仙筵还有许多其他讲究。比如，大年初二女婿拜丈人，女婿便是高客；只是订了婚、未举行婚礼的女婿，更是贵客，素有"没结婚的女婿是上八仙"之说，必然推其坐于首席。当然，随着时代的变迁，这样的"老古规"也很少有人讲究了，但作为一种文化现象，确有研究的必要。

以八仙桌为依托形式、以八仙客座礼仪为核心的八仙筵习俗，逐渐成为胶东独有的渔家酒宴文化。

参考文献

[1] 文登市地方史志办公室编：《光绪本文登县志（点注）》，天津古籍出版社 2010 年版。

[2] 威海市地方史志办公室整理：《乾隆本威海卫志》，天津古籍出版社 2013 年版。

[3] 荣成市地方史志办公室、荣成市档案馆整理：《道光本荣成县志》，山东电子音像出版 2013 年版。

[4] 文登市地方史志编纂委员会编：《文登市志》，中国城市出版社 1996 年版。

[5] 山东省荣成市地方史志编纂委员会编：《荣成市志》，齐鲁书社 1999 年版。

[6] 山东省乳山市地方史志编纂委员会编：《乳山市志》，齐鲁书社 1998 年版。

[7] 威海市地方史志编纂委员会编：《威海市志》，山东人民出版社 1986 年版。

[8] 刘玉党主编：《威海市域文化通览：威海文化通览》，山东人民出版社 2013 年版。

[9] 宋厚永主编：《威海市域文化通览：荣成文化通览》，山东人民出版社 2013 年版。

[10] 兰胜强主编：《威海市域文化通览：乳山文化通览》，山东人民出版社 2013 年版。

[11] 威海市档案局编：《1398—1949：岁月威海》，山东画报出版社 2011 年版。

[12] 邓向阳主编：《米字旗下的威海卫》，山东画报出版社 2003 年版。

[13] 威海市地方史志办公室编：《威海年鉴》（2016），方志出版社 2016 年版。

[14]《威海建设年鉴》编纂委员会编：《威海建设年鉴（2007—2011）》，方志出版社 2012 年版。

[15]〔日〕圆仁著：《入唐求法巡礼行记》，广西师范大学出版社 2007 年版。

[16] 徐承伦著：《租界！租界！》，重庆出版社 2012 年版。

[17] 杨机臣著：《威海背影》，山东画报出版社 2010 年版。

[18] 徐承伦、王成强著：《威海传》，新星出版社 2019 年版。

[19] 政协威海市委员会编：《故事中的威海》，线装书局 2021 年版。

后　记

　　《丛书》（下编）的编纂，是在中共山东省委宣传部直接领导下完成的。省委常委、宣传部部长白玉刚同志统筹策划部署，并担任编委会主任，多次主持召开编委会会议，提出明确目标要求和指导意见。省委宣传部分管日常工作的副部长、省文明办主任、省新闻办主任袭艳春同志对本书的立项出版、风格设计等方面提出了许多宝贵意见。在魏长民、毕司东、程守田、张同海、冷兴邦等同志的大力指导支持下，以教育部人文社科重点研究基地山东师范大学齐鲁文化研究院为学术挂靠单位，组建了《丛书》编纂学术委员会，具体负责编纂学术指导、质量把关、终审定稿工作。山东师范大学特聘资深教授王志民任主任，山东大学儒学高等研究院教授杨朝明、中共山东省委党史研究院原一级巡视员韩延明、鲁东大学原副校长刘焕阳、山东齐鲁师范学院原副院长刘德增任副主任。

　　《丛书》（下编）为每市一卷共16卷，都列为山东省社科规划一般项目。在省委宣传部统一领导下，各市委宣传部负责本市卷的具体组织编纂工作。《丛书》编纂学术委员会制定了统一的《编撰体例》《编撰指导意见》；在主任全面负责下，分为4个片区，各由一名副主任作为首席专家具体指导，杨朝明教授：淄博、泰安、济宁、枣庄；韩延明教授：潍坊、临沂、日照、菏泽；刘焕阳教授：青岛、威海、烟台、东营；刘德增教授：济南、聊城、德州、滨州。各市委宣传部认真落实省委宣传部、编纂学术委员会的部署，大力支持编纂工作，组织有关部门与专家对提纲设计、样稿研讨、通稿定稿等关键环节，反复研讨、审议；各片区进行了多次研讨交流，相互借鉴，取长补短；各卷主编和全体编纂人员团结合作、齐心协力，付出了艰辛劳动。山东文艺出版社提前介入，对编纂工作和撰稿体例等提出了许多宝贵意见。在此，我们谨向为《丛书》编纂付出心血的各位领导、专家、作者和所有相关同志们表示诚挚感谢！

本册编纂，得到首席专家刘焕阳教授悉心指导，中共威海市委常委、宣传部部长徐杰同志，分管副部长姜伟同志给予多方关心支持；市委宣传部杨智铭同志及地方文史、民俗专家等提出诸多意见和建议。一级作家徐承伦担任主编，全面负责本册的编纂工作。具体撰稿分工如下：第一部分"历史风云"、第二部分"人物春秋"由徐承伦、鞠世强撰写；第三部分"遗迹寻踪"、第四部分"多彩民俗 天工弄巧"由徐承伦、鞠世强、苏军撰写。

由于学识水平与编纂时间所限，不足之处在所难免，敬请专家和读者批评指正。

编者
2023 年 8 月